Frederic S. Hensen

Abenteuer mit den Trelfen

Die Oma von Chris und Moni kommt nach einem Sturz ins Krankenhaus und nun müssen die beiden ihren Sommer bei ihr in Norwegen verbringen. Doch anders als erwartet, wird es kein normaler Aufenthalt, denn sie stoßen bald auf ein Geheimnis, das sie bisher nicht für möglich gehalten hätten.
Gelingt es ihnen den Fluch des bösen Trollkönigs zu brechen? Sind Chris und Moni wirklich die auserwählten Kinder, die in der Sage der Elfen und Trolle beschrieben werden?

Frederic S. Hensch wurde 1940 in Berlin geboren. Als Lehrer unterrichtete er von den 43 Jahren seiner Dienstzeit mehrere Jahre in Südamerika am Colegio Humboldt in Caracas/Venezuela. Er lebt mit seiner Familie in Nordrhein-Westfalen.

Bisher erschienen:

Im Sternenzelt
Im Sternenzelt II
Peter und das kleine rote Auto

Abenteuer mit den Trelfen

von Frederic S. Hensch

Dr. Krosse Verlag

Originalausgabe

1.Auflage · 09/13

Umschlaggestaltung und Illustration: Anna-Kristin Krosse
Druck: ANROP Ltd. Jerusalem

ISBN
978-3-9813807-1-2

Inhalt

Vorwort

2011 fuhren meine Frau und ich mit einer Reisegesellschaft nach Norwegen. In einem kleinen Ort, dessen Name auf keiner Karte zu finden ist, hielten wir kurz an. In der Straße, in der wir hielten, fanden wir – fast versteckt – einen winzigen Laden, der mich magisch anzog. In einem Schaufenster, mehr ein breites Fensterbrett, sah ich kleine Trolle, Bücher über Elfen und allerlei Krimskrams.
Ein altes Mütterchen öffnete lächelnd die Tür und winkte uns herein. Als wir neugierig eintraten, sagte sie zu mir: „Frederic“ – woher wusste sie meinen Namen? – „schön, dass du mich besuchst. Welche Trolle gefallen dir am besten? Such dir ein Pärchen aus.“
Zielstrebig ging ich auf einen Troll und eine Trolline zu, die mir beim Eintreten sofort ins Auge gefallen waren. Als ich sie in die Hand nahm, flüsterte das alte Mütterchen: „Da hast du eine gute Wahl getroffen. In Norwegen muss man einfach Elfen und Trolle lieben und an sie glauben. Ich schenke dir diese beiden, du wirst bald wissen, warum.“
Völlig überrascht bedankte ich mich und wir verließen

ziemlich verwirrt den kleinen Laden, denn von draußen riefen schon ungeduldig unsere Mitreisenden. In Gedanken versunken nahmen wir im Bus Platz.

Später hatten wir doch noch Zeit, ein wenig durch den Ort zu bummeln. Wir gingen noch einmal zurück zu dem kleinen Lädchen, um uns richtig zu bedanken. Doch als wir die Straße endlich wiederfanden, wartete die nächste Überraschung auf uns, das Lädchen war nicht mehr da, und so sehr wir auch suchten, es blieb verschwunden. Einheimische, die wir danach fragten, sahen uns seltsam an und gingen schnell weiter, ohne etwas zu sagen.

In den nächsten Nächten träumte ich oft von Elfen und Trollen. Sie erzählten mir ihre Geschichte und baten mich, sie aufzuschreiben.

Hier ist sie und nun viel Spaß beim Lesen!

Wir fahren nach Norwegen

„Chris, Moni, kommt bitte rein!“ Das ist die Stimme von Mama. Chris, das bin ich, in Wirklichkeit Christian und Moni ist meine Schwester, eigentlich Monika, aber das hört sie nicht so gern. „Warum jetzt schon wieder?“, mault sie, „Nie kann man zu Ende spielen.“

Ich bin elf Jahre alt und meine Schwester zehn und meistens verstehen wir uns ganz gut. Aber tatsächlich stimmt das nicht ganz, denn eigentlich streiten wir uns schon oft, sie will immer Recht haben, dabei bin ich doch der Ältere. Naja, wie das eben so bei Geschwistern ist. Gegenüber anderen Kindern halten wir natürlich zusammen. Erst gestern habe ich mich mit Benjamin geprügelt, weil er Moni absichtlich getreten hat. Danach war Moni mindestens für eine Stunde richtig nett zu mir – aber ich kann mich ja nicht immer für sie prügeln.

Und dann ist da Paps, unser Vater. Oft sehen wir ihn zwar nicht, denn er muss sehr viel arbeiten als Chef einer Großbäckerei, aber wenn er zu Hause ist, haben wir viel Spaß miteinander.

Langsam und ein bisschen ärgerlich über die Unterbrechung gehen wir ins Haus. Aber das ändert sich, als wir Mama ansehen. Sie guckt eigenartig und dann fängt sie auch noch an zu weinen. Hat sie irgendwann schon mal geweint? Ich weiß es nicht. „Paps ist auch gleich da“, sagt sie mit leiser Stimme, „wir müssen mit euch reden.“

„Haben Moni und ich etwas ausgefressen?“, wir überlegen beide, aber es fällt uns nichts ein. „Haben Paps und du Streit?“ Ich muss daran denken, wie mein Freund Holger und seine Schwester Reni erzählt haben, dass sich ihre Eltern immer gestritten haben, und jetzt lassen sie sich sogar scheiden.

Erwartungsvoll sitzen wir am Tisch, und da kommt auch schon Paps herein. Es muss was Ernstes sein, um diese Zeit wäre Paps sonst nie zu Hause.

Mama sieht uns unsicher an: „Eure Oma ist heute Morgen ins Krankenhaus gekommen und es sieht nicht gut für sie aus. Wie ihr wisst, wohnt sie in Norwegen, dort, wo ich geboren wurde. Wir waren vor zwei Jahren bei ihr.“ Bei diesen Worten rollen schon wieder dicke Tränen über ihre Wangen. Wir anderen drei hören still zu, was sollen wir auch dazu sagen.

Omi ist immer nett zu uns. Sie wohnt in Lidesnes an einem großen See, dem Vabelsee, in einem bunten Holzhaus mit einem tollen Dachboden, vollgestopft mit geheimnisvollen Sachen, die zum Stöbern einladen. Oft hat sie uns Geschichten von Trollen und Elfen erzählt. Wenn nur etwas von dem stimmt, was wir gehört haben, dann wimmelt es in Norwegen nur so davon. Und dabei gibt es ganz verschiedene Trolle hat sie gesagt und nicht alle sind so schlimm, wie viele das denken. Überhaupt steckt sie voller Überraschungen und hat es gar nicht gern, wenn wir uns über ihre Geschichten lustig machen. „Ja, lacht ihr nur“, meint sie dann, „irgendwann werdet ihr die Elfen brauchen.“

„Omas Nachbar hat angerufen“, fährt Mama fort. „Sie ist die steile Treppe in ihrem Haus heruntergestürzt und liegt jetzt im Krankenhaus. Zur besseren Heilung haben sie die Ärzte ins künstliche Koma versetzt. Ich mache mir große Sorgen, sie ist immerhin schon 82. Ich werde morgen nach Norwegen fliegen und versuchen dort alles zu regeln und wenn hier in zwei Tagen die großen Ferien beginnen, dann kommt ihr mit Paps einfach nach. Stellt euch vor, er hat fast drei Wochen Urlaub bekommen und muss dann erst wieder nach Hause. Wir könnten eure ganzen großen Ferien in Norwegen im Haus von Oma bleiben bis sie hoffentlich wieder in Ordnung ist. Falls sie dann noch immer nicht ganz gesund ist, packen wir sie einfach ein und nehmen sie mit zu uns, Platz genug haben wir ja."

Moni sieht mich an. Eigentlich wollte ich mit Holger in ein Fußballcamp und Moni mit Reni auf einen Reiterhof, aber naja Norwegen ist auch ganz gut und ob Holger und Reni überhaupt mit gekonnt hätten, schließlich lassen sich ihre Eltern scheiden…

Und dann hat Mama eine tolle Idee, denn sie kennt ja unsere Ferienpläne: „Vielleicht ladet ihr Reni und Holger ein, sie könnten mit nach Norwegen fahren, falls es ihre Eltern erlauben. Paps und ich werden sicher viel im Krankenhaus sein, dann seid ihr nicht die ganze Zeit über allein." Moni und ich sind Feuer und Flamme und strahlen: „Das wäre super."

Am nächsten Tag erzählen wir Reni und Holger von den Ferienplänen und am Nachmittag spricht Mama mit deren Eltern. Die beiden dürfen mit, vielleicht sind ihre Eltern ganz froh, wenn die beiden nicht da sind, von wegen Scheidung und so.

In meinem Kopf mache ich mir eine Liste, von den Dingen, die ich mitnehmen möchte: Fußball, Taschenmesser, vielleicht meine Taschenlampe?

Auch Moni kramt so Einiges zusammen, aber wir müssen uns beeilen, denn Mama will noch am Abend nach Norwegen fliegen. Wir sollen dann drei Tage später mit dem Auto nachkommen.

Mama hat über das Internet einen Flug nach Stavanger gebucht, muss aber in Oslo umsteigen. Der Flug nach Oslo dauert ungefähr zwei Stunden, und sie bekommt sogar noch einen Anschlussflug nach Stavanger. Dort will sie sich einen Wagen mieten, Omas Haus liegt fast 80 Kilometer von Stavanger entfernt. Am Abend fährt Paps sie nach Dortmund. Erst spät in der Nacht taucht er wieder auf.

Mama und Paps haben bereits unsere Koffer gepackt. Wir müssen nur noch ein paar Sachen zusammensuchen, die wir unbedingt mitnehmen wollen.

Am nächsten Morgen soll es früh losgehen. Reni und Holger bringen noch am Abend ihre Sachen vorbei und gemeinsam packen wir alles ins Auto.

Vor dem Einschlafen denke ich über unseren letzten Schultag nach. Wir haben unsere Zeugnisse gekriegt – blöd, das Zeugnis von Moni ist besser als meins – trotzdem, meins ist auch nicht schlecht. Aber jetzt sind Ferien, sechs Wochen lang, toll, die haben wir uns auch nach diesem Schuljahr verdient.

Erste Begegnungen

In der Nacht schlafe ich nicht besonders gut, irgendwie habe ich einen seltsamen Traum. Ich stehe in einem alten Steinbruch vor einer kleinen Höhle. Der Steinbruch wirkt düster und fast so, als ob er bald einstürzen würde. Ein paar größere Steine ragen hinein und versperren den Eingang fast, so dass man ihn beinahe übersehen könnte. Heraus kommen lauter Elfen und Trolle und laufen auf mich zu.

Eine Elfe sieht unheimlich klasse aus. Sie ist klein und grazil und hat auf jeder Seite am Rücken zwei große durchsichtige Flügel. Sie kann richtig spitzbübisch lachen, die mag ich besonders. Außerdem kann sie toll fliegen. Moni ist in meinem Traum auch dabei.

Die hübsche Elfe sagt: „Ich heiße Lidi und werde jetzt öfter zu dir kommen. Hier, das schenke ich dir.“ Sie gibt mir ein kleines blaues Tuch mit lauter funkelnden Sternen. Vorher nimmt sie es noch an ihre Lippen und drückt einen Kuss darauf. „Wir sehen uns bald“, flüstert sie, danach sind die Elfen und Trolle plötzlich wieder verschwunden.

Am Morgen bin ich schon eine Weile wach und denke über meinen verrückten Traum nach. Ich schätze, gleich wird Paps kommen und uns wecken, aber als ich auf die Uhr schaue, ist es erst kurz vor fünf. Ich räkele mich noch ein bisschen. Dabei verrutscht mein Kopfkissen und dann sehe ich, darunter liegt ein kleines blaues Tuch mit lauter funkelnden Sternen und einem kleinen roten Kussmund darauf. Ziemlich perplex schaue ich mir das Tuch an. Waren die Elfen und Trolle etwa in der Nacht wirklich in meinem Zimmer?

Von meinem Traum werde ich wohl lieber nichts sagen, doch dann erzählt Moni mir von ihrem eigenartigen Traum. „Du, ganz im Vertrauen“, sagt sie, und das hat sie noch nie gemacht, „ich habe von Elfen und Trollen geträumt und ein ulkiger Troll hat mir sein buntes Taschentuch mit lauter Herzchen drauf geschenkt. Er heißt Sido. Der sah allerdings ganz anders aus, als die Trolle, von denen uns Oma erzählt hat. Er war ziemlich klein, hatte eine lange rote Nase, aber nur einen ganz kleinen Buckel. ‚Ich gehöre zu den guten Trollen, denn anders als die bösen Trolle habe ich vier Finger und vier Zehen', hat er mir stolz erzählt. Er hatte ein entzückendes kleines Schwänzchen und hat mich richtig verliebt angesehen. Und was das Verrückte ist, heute Morgen lag das Taschentuch unter meinem Kopfkissen. Sieh mal, hier ist es."

Erstaunt sehe ich mir das Taschentuch an, tatsächlich lauter rote, gelbe, grüne und blaue Herzchen sind darauf. „Ich hatte auch im Traum heute Nacht Besuch von Elfen und Trollen und meine Trolle sahen, glaube ich, aus wie deine. Eine kleine Elfe hat mir ein blaues Tuch mit lauter Sternen und einem Kussmund darauf geschenkt, schau mal." Moni sieht sich das kleine Tuch an und stellt dann fest: „Das werden wohl verrückte Ferien, aber davon verraten wir besser erstmal niemandem was."

Schnell wird gefrühstückt und Paps verstaut die letzten Utensilien im Wagen. Pünktlich um sieben Uhr stehen Holger und Reni vor der Tür und nachdem auch der kleine Rucksack von jedem verstaut ist, geht es los.

Wir fahren über Bremen und Hamburg nach Norden. In Flensburg machen wir Station und übernachten in einer kleinen Pension. Nach dem Abendessen fallen wir regelrecht ins Bett. Am Morgen, schon wieder viel zu früh, fahren wir an die Nordspitze von Dänemark und setzen mit der Schnellfähre von Hirtshals über nach Kristiansand. Jetzt sind wir in Norwegen und es ist nicht mehr weit bis Lindesnes.

Reni und Moni spielen ein blödes Spiel, Namen von Promis erraten. Holger und ich vergnügen uns lieber mit einer Partie Mau-Mau. Die letzten Kilometer bummeln wir ein bisschen. Paps hat mit Mama telefoniert und die ist gerade bei Omi.

So gegen 16 Uhr kommen wir am Haus von Omi in Lindesnes an. Schon von Weitem sehen wir den See. Mama ist noch nicht da, aber sie hat Paps gesagt, wo sie den Schlüssel hingelegt hat und so können wir ins Haus.

Ein wenig später hören wir die Haustür, Mama ist gekommen. „Omi geht es nicht gut", sagt sie, und schon wieder hat sie Tränen in den Augen. „Sie ist am Kopf verletzt und hat auch noch einen Beckenbruch. Ich mache mir wirklich große Sorgen."

„Können wir irgendwie helfen?" fragt Moni, aber Mama schüttelt den Kopf und meint: „Wir müssen uns wohl alle gedulden, bis die Ärzte sie aufwachen lassen."

Omi hat einen tollen Kamin, den machen wir am Abend an und schmieden Pläne für den nächsten Tag. Eigentlich wollen ja Moni und ich Omi im Krankenhaus besuchen, aber Mama entscheidet: „Morgen fahren erst mal Paps und ich hin, ihr seid übermorgen dran." Ich denke: „Na gut, dann schwimmen wir eben morgen im See und erkunden die Gegend."

Lidis Besuch

Nachts träume ich schon wieder von der hübschen Elfe Lidi. Sie hat tolle bunte Sachen an und schwirrt durch unser Schlafzimmer. Ich schlafe übrigens mit Holger in einem Zimmer, die Mädchen teilen sich ein anderes. Gut so, mit meiner Schwester in einem Zimmer, das führt nur zu Streitereien.

Lidi sitzt vor mir auf meiner Bettdecke und sagt: „Schön, dass du da bist, dich mag ich besonders.“ Sie wird ein wenig rot und meint verträumt: „Wenn du ein Elfenjunge wärst…“ Mir wird ganz anders, denn Lidi sieht so hübsch und süß aus und so etwas hat noch nie ein Mädchen zu mir gesagt.

Sie fährt fort: „Du wirst uns helfen, ich weiß es einfach. Es gibt nämlich eine Prophezeiung, die lautet: ‚Es werden zwei mutige Kinder kommen, die euch erlösen. Sie reisen mit ihren Freunden, aber die können nicht helfen, weil sie nicht an Elfen und Trolle glauben. Die bösen Trolle werden sie auf ihre Seite ziehen und sie mit in ihre Höhle nehmen. Von selbst können sie sich nicht befreien, aber die zwei auserwählten Kinder werden den Elfensmaragd von der Insel holen und ihre Freunde und alle Elfen und guten Trolle endlich, nach so langen Jahrhunderten, erlösen.‘

Ich glaube, du und deine Schwester, ihr seid diese Kinder. Aber ihr müsst euch vor den Trollen, besonders vor Fedo, in Acht nehmen. Fedo ist der König der bösen Trolle und besonders fies, denn er ist sehr listig. Er hat eine lange gebogene rote Knubbelnase und hinten einen dicken Buckel. Du wirst ihn erkennen, denn auf seinem dicken Buckel hat er noch eine Wölbung, die wie eine große Warze aussieht. Außerdem hat er einen langen, hässlichen, nackten Schwanz mit einem roten Haarbüschel am Ende. An seinen Händen und Füßen hat er fünf Finger und Zehen. Er glaubt, dass ihn das zum Herrscher über alle Trolle macht. Sieh mich an, ich habe auch fünf Finger und fünf Zehen wie ihr Menschen, aber das ist bei uns Elfen ganz normal."

Plötzlich wird sie ganz rot im Gesicht und flüstert: „Sag mal, gefall' ich dir eigentlich? Ich mag dich ganz doll."

„Ich mag dich auch sehr," sage ich zu ihr, „du siehst klasse aus."

„Ach, übrigens, Fedo oder andere Trolle können nur nachts zu dir kommen, denn sie scheuen das Tageslicht, ein Sonnenstrahl kann sie in Stein verwandeln. Fedo wird dich aufsuchen und dir tolle Geschenke anbieten. Nimm sie bloß nicht an, denn dann hat er Macht über dich und lockt dich in seine Höhle und da kommst du nie wieder raus."

Jetzt setzt sich Lidi auf mein Kopfkissen und fängt an, meine Wangen zu streicheln und dabei laufen plötzlich kleine Tränen über ihr Gesicht. „Ich habe nur noch zwei Wochen Zeit, dann werde ich eine Trelfe und kann wohl nie wieder zu dir kommen."

„Was ist eine Trelfe?“ will ich fragen, aber da fliegt Lidi plötzlich hoch und ruft mit ängstlicher Stimme: „Ich muss weg“ und ist verschwunden.

Am Morgen werde ich wach und denke über meinen Traum nach: Ob da wohl etwas dran ist? Schön wäre es ja, wenn wir die zwei auserwählten Kinder aus der Prophezeiung wären und die kleine Elfe Lidi mag ich wirklich.

Holger hat von allem nichts bemerkt, er redet über's Schwimmen und Fußball, aber Moni sieht mich beim Frühstück ein paar Mal so komisch an, als ob sie mich etwas fragen wollte.

Nach dem Frühstück fahren Mama und Paps zum Krankenhaus und wir gehen zum See baden. Wir können alle gut schwimmen, besonders gut ist Reni, naja sie trainiert ja auch in einem Schwimmverein. Nachdem wir ausgiebig geschwommen sind, liegen wir ziemlich atemlos am Strand. Am See ist tatsächlich etwas Sand und wenig später spielen wir vier zusammen mit anderen Kindern aus dem Ort Fußball, herrlich.

Gegen Mittag liegt Moni im Sand und ich werfe mich prustend daneben. „Ich hatte heute Nacht

Besuch“, flüstert sie, eine Trelfe saß auf meinem Bett. Sie heißt Sida und war früher eine Elfe. Sie sieht nicht mehr so toll aus wie eine Elfe, ist viel dicker und hat kleine Stummelflügel, mit denen sie schwerfällig fliegen kann. Sie hat mir was von einer Prophezeiung erzählt, aber ich habe das nicht so richtig verstanden.“

„Zu mir ist die Elfe aus meinem letzten Traum gekommen, sie ist traurig, weil in zwei Wochen irgendetwas passieren wird und dann kann sie mich nicht mehr besuchen. Sie hat gesagt, dann würde sie eine Trelfe werden. Als ich sie fragen wollte, was eine Trelfe ist, war sie plötzlich verschwunden. Sie hat mir auch von der Prophezeiung erzählt. Sie glaubt, dass wir zwei die Kinder sind, die ihnen helfen können. Wir müssen den Elfensmaragd finden, um die Elfen und guten Trolle zu retten. Und wir sollen uns vor dem König der bösen Trolle, Fedo, in Acht nehmen.“ erkläre ich Moni aufgeregt.

Fedo

Bevor ich am Abend einschlafe, muss ich an Lidi, meine hübsche Elfe, denken: Ob sie wohl im Traum wieder zu mir kommt? Ich wünsche es mir, aber es kommt ganz anders.

In meinem Traum wird es auf einmal ganz dunkel in meinem Zimmer und mit viel Tam-Tam poltert ein Troll ins Zimmer hinein. Das muss Fedo sein, er ist fürchterlich hässlich, hat eine lange, gebogene, rote Knubbelnase und einen langen, nackten Schwanz mit einem roten Haarbüschel am Ende. Dass er einer von den bösen Trollen ist kann ich daran sehen, dass er fünf Finger und fünf Zehen hat.

Als ich genauer hinschaue, kann ich die warzenähnliche Wölbung auf seinem dicken, hässlichen Buckel sehen. Es ist kein Zweifel möglich, das ist Fedo, der Trollkönig.

„Hallo, mein lieber Christian“, sagt er mit einschmeichelder Stimme zu mir – wenn er wüsste, wie sehr ich den Namen Christian hasse, würde er mich sicher nicht so nennen.

„Ich heiße Fedo und bin ein netter Troll aus der Felsenhöhle, nicht weit von hier. Ich möchte dich einladen, uns zu besuchen. Damit du siehst, wie gut ich es mit dir meine, habe ich dir ein Geschenk mitgebracht. Ein großes Säckchen bis zum Rand gefüllt mit echtem Gold und Diamanten, ich lege es dir hier hin. Davon kannst du dir kaufen, was immer du willst. Außerdem kann ich dir zeigen, wie man ganz schnell schwimmen und tief tauchen kann. Du siehst, ich kenne deine geheimsten Wünsche. Die Sachen kann ich dir gleich hier lassen, als Zeichen meiner Freundschaft."

„Ich weiß nicht", antworte ich und versuche kein Interesse zu zeigen, „aber vielleicht kannst du mir anders helfen. Ich habe in einem Buch etwas über Elfen und einen Smaragd gelesen, weißt du, wo ich ihn finden kann?"

„Ach, das ist sicher das alte Märchen von dem Smaragd auf der Draconinsel, aber, wie gesagt, es ist nur ein Märchen. Nimm lieber mein Geschenk, das ist kein Märchen."

„Ich glaube, ich mag dein Geschenk nicht, da steckt doch sicher etwas dahinter, denn so ohne Weiteres verschenkt man etwas so wertvolles nicht."

„Wir haben noch viele andere Geschenke in

unserer Felsenhöhle, wenn du mich besuchst, kann ich sie dir zeigen."

„Nein danke, mein Vater sagt immer, Geschenke von Fremden nimmt man nicht an. Nimm also ruhig alles wieder mit."

Das Rot in Fedos Gesicht wird noch dunkler, so ärgert er sich. „Dann eben nicht!", faucht er und ist samt des Geschenks verschwunden.

Sobald er weg ist, wird es heller im Zimmer und plötzlich ist Lidi, meine Elfe, da. Sie strahlt mich an und sagt: „Das hast du toll gemacht, Chris! Ich bin stolz auf dich." Dabei streicht sie mir wieder über die Wange und mir wird ganz eigenartig zumute, so freue ich mich.

„Ich wollte dich noch etwas fragen", fange ich an, „was ist eine Trelfe?" Lidi schaut mich an, dann flüstert sie: „Also das ist so: Vor vielen, vielen Jahren lebten Elfen und Trolle friedlich nebeneinander. Naja, es gibt zwei verschiedene Trollarten, die mit fünf Fingern und Zehen und die mit vier Fingern und Zehen. Die mit den fünf Fingern und Zehen sind fies und böse und nur auf ihren eigenen Vorteil bedacht. Sie schaden den Menschen, wo sie nur können und lügen und betrügen.

Der Sohn des Königs der guten Trolle mit den vier

Fingern und Zehen, Federico, verliebte sich einst in Nadi, die Tochter des Elfenkönigs, und sie hat ihn auch geliebt. Die Väter der beiden wussten davon und waren einverstanden mit der Verbindung, denn die guten Trolle und wir Elfen kamen gut miteinander aus.

Lange Zeit blieb die Liebe von Federico und Nadi geheim bis die beiden vom König der bösen Trolle, Fedo, erwischt wurden. Fedo hatte Angst, dass die Elfen und die guten Trolle gemeinsam etwas gegen ihn unternehmen könnten. Er ließ den Trollkönig Zori und den ganzen Hofstaat entführen und verfluchte sie. Seit dieser Zeit sind die armen vierfingrigen Trolle nur noch sogenannte‚Trolle zweiter Ordnung‘ und müssen niedere Arbeiten für Fedo ausführen.

Auch der Elfenkönig Siro und der fiese Trollkönig Fedo stritten sich wegen der Liebe von Federico und Nadi fürchterlich. Etwas später lud der listige Fedo Siro zu sich ein: ‚Wir sollten uns wieder vertragen und beraten, wie wir weiter vorgehen wollen‘, meinte er.

Siro war einverstanden und Fedo bot ihm bei seinem Besuch zur Begrüßung ein Glas Wein an. Kaum hatte er davon getrunken, fiel er bewusstlos zu Boden, und Fedo sprach einen weiteren Fluch aus: ‚Damit nie wieder ein Troll eine Elfe liebt, wird jede Elfe an ihrem 20. Geburtstag zu einer Trelfe und muss von da an für uns Trolle arbeiten, die Elfenmädchen im Haus und die Elfenjungen im Silberbergwerk. Federico und Nadi sollen zur Strafe für immer in Stein verwandelt werden.‘

Die Elfenkönigin Rubia konnte den Fluch jedoch etwas abmildern und sagte: ‚Eines Tages sollen zwei Kinder kommen, die den Elfensmaragd finden und uns Elfen und die Trolle damit erlösen und die bösen Trolle tief in die finstere Erde schicken.‘

Inzwischen sind viele hundert Jahre vergangen, aber jetzt haben wir endlich Hoffnung, dass du und deine Schwester uns erlösen könnt. Ich werde in zwei Wochen 20 Jahre alt. Wenn ihr uns bis dahin nicht gerettet habt, werde auch ich zu einer Trelfe und muss Fedo in seiner Höhle bedienen.“ Lidi sieht mich noch einmal traurig an, dann verschwindet sie.

Am Morgen erzähle ich Moni meinen Traum und wir beratschlagen zusammen, was wir tun können. Auch sie erzählt von einem Traum. „Diesmal waren viele Elfen bei mir, sie schwirrten durch’s Zimmer

und dann tanzten sie einen wunderschönen Reigen. Dabei sangen sie ein Lied, das von uns beiden handelte, aber ich kann mich partout nicht mehr an die Melodie und den Text erinnern. Doch, warte, jetzt fällt mir wieder ein Teil des Refrains ein. Sie sangen ‚ihr schafft es, ihr schafft es und wir sind frei!“
Reni und Holger haben von all dem nichts mitbekommen und tief und fest geschlafen.

Omis Fingerzeig

Heute wollen wir Omi im Krankenhaus besuchen, Mama fährt auch mit. Omi ist ganz blass im Gesicht und bewegt sich nicht. Sie scheint zu schlafen, aber Mama sagt: „Sie liegt noch im künstlichen Koma.“

Koma ist ein schrecklicher Zustand. Omis Augen sind zwar offen, aber sie reagiert auf nichts, sie liegt nur still da, ab und zu atmet sie etwas lauter, aber mehr auch nicht. Nach einer Weile verlässt Mama für kurze Zeit das Zimmer, sie will Blumen in eine Vase stellen und Moni und ich unterhalten uns über unsere Träume.

Anscheinend bekommt Omi doch etwas mit, denn plötzlich hebt sie kurz ihre Hand und deutet mit dem Zeigefinger nach oben. Wir sehen uns an: „Sollen wir etwas tun?“ fragt Moni und Omi hebt noch einmal ihre Hand und zeigt mit dem Finger nach oben. Da kommt Mama ins Zimmer zurück und sieht auch, wie Omi die Hand gehoben hat. „Vielleicht wacht sie jetzt auf!“, flüstert sie aufgeregt, aber Omi liegt wieder so bewegungslos da wie vorher.

Nach einer halben Stunde kommt eine Krankenschwester ins Zimmer und wir müssen gehen. „Tschüs, Omi und gute Besserung“, rufen wir und fahren zurück nach Lidesness.

„Was sollte das, sie hat mit dem Finger nach oben gezeigt. Sicher will sie uns etwas damit sagen, aber was?“ Moni und ich sehen uns an und überlegen krampfhaft, aber es fällt und fällt uns nichts ein.

Nachdem wir mit Holger und Reni ausgiebig am Strand und in Omis Garten gespielt haben, sitzen Moni und ich auf der Schaukel und sehen zum Haus. Plötzlich schwirren ganz viele Elfen erst um uns herum und dann um das Haus. Vor dem Dachbodenfenster ist ein Sims, darauf setzen sie sich und gucken zu uns hinunter, dann fliegen sie wieder weg und sammeln sich erneut vor dem Fenster.

Was soll das? Und da hat Moni eine Idee: „Omi hat doch nach oben gezeigt und die Elfen wollen uns vielleicht sagen, dass da oben auf dem Dachboden etwas ist." „Hm, könnte sein", sage ich, „wir sehen uns morgen den Dachboden an."

Eigenartig, obwohl Reni und Holger mit im Garten sind, nur ein paar Meter von uns entfernt, haben sie von allem nichts bemerkt. Sie können die Elfen also nicht sehen.

Am nächsten Morgen bummeln Moni und ich absichtlich lange beim Frühstück. Plötzlich springen Holger und Reni auf und Reni mault: „Puh, was seid ihr heute langweilig, wir haben uns am Strand mit ein paar Kindern aus dem Ort verabredet, wir gehen schon mal vor", und schon sind sie verschwunden.

Darauf haben wir bloß gewartet. Schnell stehen wir auf, gehen nach oben und fahren die Treppe zum Dachboden aus. Vorsichtig klettern wir hoch.

Herrlich hier oben, überall stehen alte Sachen herum. Koffer, ein Puppenhaus, alte Spielsachen, eine Kiste mit vergilbten Fotos und, und, und. Aber wonach suchen wir? Ratlos sehen wir uns an.

Da, vor dem kleinen Fenster flattern ein paar Elfen hin und her, und als wir das Fenster öffnen, fliegen sie zu uns herein. Meine kleine Elfe aus dem Traum ist auch dabei. „Hier müsst ihr suchen", sagt sie leise und alle Elfen setzen sich auf eine alte Truhe. Der Deckel lässt sich nicht öffnen, weil ein dickes Schloss davor hängt. Wir suchen nach einem Schlüssel, aber als ich mich auf die Truhe setze, springt sie plötzlich von selbst auf.

Innen liegen kunterbunt viele Sachen durcheinander, aber was suchen wir? Die alte Lampe, nein, Kleider und Schürzen, nein. Endlich finden wir ein altes, ziemlich zerlesenes Buch. Auf dem Deckel sind tanzende Elfen zu sehen und im Hintergrund lauert ein alter Troll. „Das könnte es sein!“ ruft Moni und wird durch die Elfen bestätigt, die einen Reigen tanzen. Wir setzen uns in eine Ecke und klappen das Buch auf. „Es sind wohl alte Geschichten von Elfen und Trollen, aber was sollen wir damit?“

Da in den nächsten Stunden wohl niemand im Haus sein wird, machen wir es uns auf zwei alten Lehnstühlen bequem und fangen an zu lesen. Mitten im Buch steckt ein Zettel: „Auserwählter, wenn du das liest, kannst du die Draconinsel finden. Sie ist fast immer unsichtbar und du kannst sie nur bei Vollmond finden. Auf der Insel ist der Elfensmaragd versteckt, mit dem du die Elfen befreien kannst.“

„Davon hat mir der fiese Troll erzählt“, sage ich zu Moni. Aber weiter: „Du musst weit auf den Conossee hinausfahren, und darfst keine Angst haben, vor allem darfst du dich nicht umdrehen. Wenn du das tust, dann versinkst du im See. Du musst um Mitternacht genau in Mondrichtung fahren und darfst vom Kurs nicht abweichen. Aber sei auf der Hut, die Insel wird von bösen Trollen bewacht, die unbarmherzig jeden töten, der die Insel betritt. Nur wenn du den Stein ‚Mareles' beistzt, der dich unsichtbar macht, kann es dir gelingen. Den Stein erkennst du an seiner besonderen Form. Er sieht aus wie ein kleiner Katzenkopf mit grünen Augen, die leuchten, wenn das Licht darauf fällt. Er steckt in der Wurzel einer Kiefer im Wald. Du kannst ihn finden, denn es gibt weit und breit nur eine Kiefer dort. Sie ist groß, alt und knorrig, aber Vorsicht, zwei böse Trolle bewachen sie Tag und Nacht. Diese Trolle können selbst das Licht ertragen, dank einer besonderen Schutzmaske. Du kannst den Stein nur am Tage aus dem Versteck holen, weil er in der Nacht an diesem Ort unsichtbar ist. Die Trolle passen sehr gut auf, du musst also klug und listig sein."

Wir sehen uns an: „Weißt du, wann der nächste Vollmond ist?" „Nein, weiß ich nicht, aber unten hängt ein Kalender." Schnell verschließen wir die Truhe wieder und klettern nach unten, das Buch nehmen wir mit. Auf dem Kalender sehen wir, in zwei Tagen ist Vollmond und dann erst wieder in vier Wochen. Wir sind also zweimal an Tagen mit Vollmond hier bei Omi. Danach haben wir noch knapp eine Woche und dann müssen wir zurück. Noch einmal gehen wir die Anweisungen genau durch, zuerst müssen wir den Stein ‚Mareles' finden, aber wie und wo ist der Conossee?

Reni und Holger sind noch immer am Strand, und so laufen wir zum nahen Wald. Wir stöbern überall herum, aber die Kiefer ist einfach nicht zu finden. Endlich kommen wir an einen kleinen Wasserfall und da steht sie, knorrig, etwa zehn Meter hoch und passt überhaupt nicht in den Wald. Unten gehen die Wurzeln weit auseinander, dadurch ist so etwas wie eine Höhle entstanden. Ob darin der Stein liegt?

Vorsichtig schleichen wir uns näher. Da, tatsächlich, vom Stamm halb verdeckt sitzen zwei Trolle. Sie sehen eigentlich gar nicht so fies aus, wenn da nicht die komischen Masken wären, die an schielende Wolfsgesichter erinnern.

Anscheinend langweilen sie sich, und ab und zu wirft einer von ihnen einen Stein in den kleinen Wasserfall. Ich winke Moni zu und wir ziehen uns leise zurück. Auf dem Weg nach Hause zerbrechen wir uns den Kopf.

„Was meinst du Moni, hast du eine Idee, wie wir das schaffen können?“ Aber Moni zuckt nur mit den Schultern, ihr fällt auch keine Lösung ein. Wie können wir die Trolle ablenken und so an den Stein kommen? Bis zum ersten Vollmond bleiben uns nur zwei Tage und den See müssen wir auch noch finden.

Damit unsere Freunde nichts merken, gehen wir an den Strand und legen uns zu ihnen, aber wir sind nicht so recht bei der Sache, immer wieder suchen wir in Gedanken einen Weg, um an den Stein zu kommen.

Plötzlich sagt Reni zu uns: „Wisst ihr wo die beiden Goldsäckchen herkommen, die heute morgen neben unseren Betten lagen? Wir haben sie uns schon angeguckt, es ist echtes Gold darin! Jetzt können wir uns kaufen, was wir wollen.“

Wir sehen uns an, das hat uns gerade noch gefehlt. Sind die beiden nun in Gefahr? „Nein, wir waren es nicht, vielleicht habt ihr neue Freunde gefunden.“

„Nein, das nicht, aber neben den Säckchen lag ein Zettel mit einer Nachricht. Da stand: ‚Kommt uns doch mal besuchen‘ und eine Zeichnung von einem Troll und wie wir hinkommen können. Der Troll auf dem Bild sieht eigentlich gar nicht so schlimm aus.

Aber das mit den Trollen ist sowieso ein Märchen, die gibt es in Wirklichkeit gar nicht, genauso wenig wie Elfen und so. Außerdem, selbst wenn es sie gäbe, warum sollten sie uns etwas schenken und warum sollten wir sie besuchen?“

„Lasst die Finger davon“, versucht Moni zu retten, was noch zu retten ist, „Trolle sind böse und können euch schlimme Dinge antun.“

„Ach Blödsinn“, mischt sich Holger ein, „und wenn ein Troll käme, würde ich ihn in die Flucht schlagen. Hauptsache wir haben jetzt echtes Gold, das ist mehr Taschenlegld als wir jemals zu Hause bekommen würden.“

„Dann geht wenigstens nicht in den Wald oder zu irgendwelchen Höhlen“, mische ich mich ein, „ Trolle soll man nicht herausfordern.“ Aber die beiden sind richtig vernagelt: „Ihr mit euren blöden Geschichten von Elfen und Trollen, das glaubt euch doch sowieso keiner.“

„Au!“, ruft Moni plötzlich, „ich habe auf etwas Hartes getreten.“ Sie wühlt im Sand und gräbt einen Stein aus. Als sie ihn aufhebt, sehen wir uns an und Holger ruft: „Der sieht ja aus wie der Kopf einer Katze, es fehlt nur das passende Gesicht.“

„Der gefällt mir“, ruft Moni, „den nehme ich mit

nach Hause.“ Sie steckt ihn schnell in die Tasche. Ob sie die gleiche Idee hat wie ich?

Gegen Abend gehen wir alle vier nach Hause. Unsere beiden Freunde reden unentwegt davon, was sie sich von den Goldmünzen kaufen wollen und merken gar nicht, dass wir immer stiller werden. Wir machen uns Sorgen um die beiden.

Der Stein ‚Mareles‘

In der nächsten Nacht sehe ich in meinem Traum Lidi, meine kleine süße Elfe, wieder. Sie scheint traurig zu sein und sagt: „Ich habe nur noch ein paar Tage, dann muss ich Fedo als Trelfe dienen. Ich wünsche mir so sehr, dass du und deine Schwester uns erlösen.“

Kurz bevor sie mich verlässt, lächelt sie aber leicht und flüstert mir zu: „Ich habe dir etwas mitgebracht.“ Dabei holt sie aus einer Tasche einen kleinen goldenen Vogel hervor und stellt ihn auf meinen Nachttisch.

„Solltet ihr die Insel suchen und nicht weiterkommen, dann wird mein kleiner goldener Vogel euch helfen.“ Noch einmal küsst sie mich auf die Wange und ist verschwunden.

Als ich aufwache, schaue ich sofort auf meinen Nachttisch und tatsächlich, dort steht ein kleiner goldener Vogel, vielleicht halb so groß wie ein Spatz. Erstaunt nehme ich ihn in die Hand. Er fühlt sich ganz leicht an, aber wie soll der uns helfen, der kann ja nicht einmal fliegen. Doch Moni findet ihn toll und meint: „Bis jetzt hat alles gestimmt, was uns deine Elfe gesagt hat."

Am Vormittag, Reni und Holger sind längst wieder am Strand, gehen wir zur Kirche und besuchen den alten Pfarrer. Wenn einer uns helfen kann, dann er, denn bei ihm müssten alte Dokumente und Karten der Gegend zu finden sein.

Der Pfarrer ist zu Hause und begrüßt uns freundlich. „Na, was führt euch denn so früh zu mir? Geht es eurer Oma schon wieder besser? Ich werde sie in den nächsten Tagen besuchen."

„Herr Pfarrer", sage ich, „vielleicht können Sie uns helfen. Wir haben gestern in einem alten Buch etwas über den Conossee gelesen. Wissen Sie, wo der liegt? Er soll irgendwo hier in der Nähe sein."

„Hm, ich habe den Namen schon mal gehört, aber wo? Wartet mal, ich habe eine alte Chronik des Ortes hier, ich glaube, da war was mit diesem See." Er verschwindet im Haus und kommt nach ein paar

Minuten mit einem alten, zerlesenen Buch zurück.

„Ich wusste doch, dass ich den Namen schon mal gehört habe und ich kann euch auch sagen, wo der See liegt. Er heißt jetzt Vabelsee und liegt direkt vor eurer Nase. Es ist der See, der sich hinter dem Haus eurer Oma befindet. In früheren Jahrhunderten wurde er Conossee genannt."

Wir sehen uns sprachlos an, soviel Glück können wir doch gar nicht haben. „Weil ihr gerade vom Conossee gesprochen habt", fährt der Pfarrer fort, „es gibt eine alte Sage, dass eine Insel mitten im See liegen soll, die man nur bei Vollmond findet. Bisher hat sie aber noch niemand entdeckt und danach gesucht haben früher wohl viele Menschen. Alle diese Menschen sind damals verschwunden und nie wieder aufgetaucht. Später ist dann die Sache mit der Insel in Vergessenheit geraten und heute weiß keiner mehr etwas davon. Also", sagt er lächelnd, „wenn ihr sie findet, sagt mir Bescheid."

Wir bedanken uns und laufen ziemlich aufgeregt nach Hause. „Morgen ist Vollmond. Was meinst du, Chris, kriegen wir bis morgen den Stein?"

„Ich weiß nicht, aber versuchen müssen wir es. Du hast doch den Stein gefunden, der wie ein Katzenkopf aussieht. Wir könnten ihn vielleicht anmalen."

„Das schon, aber wie kriegen wir die Augen zum Leuchten?“

„Hm, warte mal, oben auf dem Dachboden steht doch ein kleiner Nähkorb mit Knöpfen, Wolle, Garn und anderen Sachen. Vielleicht finden wir dort grüne Perlen oder so was, die wir auf den Stein kleben könnten. Die Augen des Katzensteins ‚Mareles‘ müssen doch nur im Dunkeln leuchten, wenn Licht darauf fällt.“

„Vielleicht klappt das, lass‘ es uns versuchen.“

Holger und Reni sind wohl noch am Strand. Voller Tatendrang steigen wir wieder hoch auf den Dachboden. Da steht der Nähkorb und hastig wühlen wir darin herum.

„Sieh mal, ich hab was!“ ruft Moni plötzlich. Tatsächlich, sie hat mehrere halbe grüne Perlen gefunden.

„Mensch, die können wir klasse aufkleben.“ Schnell sind wir wieder unten und Moni holt ihre Malsachen hervor. Gemeinsam malen wir den Stein an und als er fertig ist, erinnert er wirklich an einen Katzenkopf.

Jetzt noch Alleskleber und die halben Perlen aufkleben, fertig. Wir sehen uns beide an und Moni sagt grinsend: „Sind wir nicht klasse?“

Kaum haben wir unser Werk vollbracht, machen wir uns mit unserem „Katzenkopfstein“ auf den Weg zur Kiefer, unter der der Stein ‚Mareles‘ liegt. Auf dem Weg dahin überlegen wir noch immer, wie wir es anstellen können, die beiden Trolle zu überlisten.

„Wir überraschen sie und holen uns den Stein“, meint Moni, aber ich überlege laut: „Wir müssen es schaffen, dass sie gar nicht merken, dass der Stein weg ist, dann können wir sicher besser auf die Insel gelangen.“

„Du hast Recht“, antwortet Moni, „aber wie sollen wir das anstellen?“

Kurze Zeit später können wir die Kiefer sehen. Leise schleichen wir uns näher. „Sieh mal, da sind die beiden Trolle“, flüstert Moni und richtig, sie stehen hinter der Kiefer und immer wieder umrundet einer den Stamm.

„Das haben sie doch gestern nicht gemacht“, sage ich argwöhnisch, „erwarten die uns etwa? Schau mal, Moni, Trolle, die eine wichtige Aufgabe haben, scheinen immer fünf Finger und fünf Zehen zu haben, irgendwie eigenartig.“

Lange überlegen wir, wie es weiter gehen soll, dann habe ich eine Idee: „Pass auf, Moni, ich lenke die beiden Trolle ab und du musst dann zur Kiefer schleichen und den Stein austauschen."

„Ich kann nicht, ich habe Angst."

„Natürlich kannst du das, du bist schließlich meine Schwester!"

Ich verlasse Moni und schleiche mich auf die andere Seite. Lange überlege ich, doch dann habe ich eine Idee. Ich nehme einen Kieselstein und treffe den einen Troll im Rücken, als der andere wieder eine Runde macht.

„Lass das!" ruft der „sonst hau ich dir eine."

„Was ist los?" der andere Troll kommt zurück.

„Du hast mir einen Stein ins Kreuz geworfen."

„Du spinnst ja!" Kurze Zeit später macht der andere Troll seine Runde und ich werfe wieder einen Stein.

„Au!" brüllt der „jetzt hast du mich beworfen."

„Ich war das nicht!" faucht der andere zurück.

„Natürlich, wer sollte es denn sonst gewesen sein?"

Sie sehen sich argwöhnisch um, und als sie nichts entdecken können, beruhigen sie sich wieder. Bei der nächsten und übernächsten Runde mache ich weiter und jetzt werden die Trolle immer wütender. Besonders schlau scheinen die beiden nicht zu sein.

„Wenn du mich noch einmal bewirfst, verpasse ich dir eine.“
Jetzt könnte es vielleicht klappen, hoffentlich spielt Moni mit. Und tatsächlich, nach meinem nächsten Wurf fallen die beiden übereinander her und prügeln sich.

Moni hat die ganze Situation grinsend verfolgt und als die beiden Trolle aufeinander einschlagen, läuft sie schnell zur Kiefer. Zwischen den Wurzeln sieht sie die Augen ‚Mareles‘ durch das Moos schimmern. Schnell nimmt sie den Stein, steckt ihn in die Tasche und legt dafür unseren Katzenkopfstein möglichst genauso hin, nur die Augen sollen ein wenig zu sehen sein. Dann läuft sie leise zurück und versteckt sich wieder. Ich schleiche mich zu ihr zurück und gemeinsam beobachten wir die Trolle.

Plötzlich brüllt einer: „Mensch, der Stein, hoffentlich ist der noch da.“ Sie lassen voneinander ab und rennen zum Versteck. Anscheinend hat Moni ihre Sache gut gemacht, denn kurze Zeit später hören wir einen Troll: „Da ist er ja, Gott sei Dank, da haben wir noch einmal Glück gehabt, Fedo hätte uns sonst umgebracht.“ Wir sehen uns an. Nur gut, dass sie den Stein nicht herausgeholt haben.

Leise schleichen wir uns vom Tatort und als wir weit genug weg sind, betrachten wir den Wunderstein ausgiebig. Er sieht unserem Stein tatsächlich sehr ähnlich und wir können uns vor Freude kaum bremsen. Ob die beiden grünen Steine, die die Augen bilden, echte Smaragde sind?
Bester Laune kommen wir zu Hause an und Moni versteckt den Stein in ihrem Rucksack unter einem T-Shirt.

Fahrt zur Draconinsel

Natürlich gehen wir noch an den Strand, wir wollen ja nicht auffallen. Mit einem Ruderboot fahren wir ein wenig auf den See hinaus. Auf dem Rückweg verstecken wir das Boot im Schilf und legen ein paar Zweige darüber. Da viele Ruderboote am Strand liegen, fällt es nicht auf, dass eines fehlt.

Aber so richtig bei der Sache sind wir nicht. Immer wieder überlegen wir, wie wir diese Insel finden können - und heute Abend ist schon Vollmond. Doch manchmal kommt einem der Zufall zu Hilfe.

„Habt ihr was dagegen“, fragt Holger, „wenn wir heute Nacht bei Eric und Rosi übernachten? Das sind Geschwister hier aus dem Ort und wir verstehen uns prima.“ Moni guckt mich an und meint gleichmütig: „Wenn ihr meint. Ihr müsst aber unsere Mutter fragen.“

Damit ist für uns alle das Thema erledigt und wir können unser Glück kaum fassen.

Mama ist mit dem Plan von Holger und Reni einverstanden und nachdem auch ein Anruf bestätigt, dass die Eltern von Rosi und Eric in den Besuch eingewilligt haben, ziehen die beiden gegen Abend los.

Mama und Paps wollen noch einmal zu Omi ins Krankenhaus fahren und Mama fragt: „Macht es euch etwas aus, wenn wir erst spät zurück kommen? Wir wissen nicht wie lange es bei Omi dauert.“

„Macht euch um uns keine Sorgen, wir kommen schon klar“, meint Moni und so haben wir plötzlich freie Bahn für unserer Pläne.

Ganz in Ruhe können wir unsere Sachen zusammen suchen, den Stein Mareles, Taschenlampen, Kompass, Taschenmesser und ein Nachtsichtglas, das wir auf dem Dachboden gefunden haben. Ganz zum Schluss fällt mir der kleine goldene Vogel ein und ich hole ihn schnell. Moni schaut mich ein wenig skeptisch an, aber ich lächle und das scheint sie zu beruhigen.

Voller Erwartung, aber auch nervös und ein wenig ängstlich machen wir uns eine halbe Stunde vor Mitternacht auf den Weg zu dem kleinen Ruderboot. Dort angekommen setzt sich Moni hinein und ich schiebe es ins Wasser und springe hinein. Gott sei Dank, keine Wolke am Himmel, der Vollmond ist klar zu sehen. Mit gleichmäßigen Zügen rudere ich das Boot, während Moni steuert, immer in Richtung auf den Vollmond.

Nach etwa einer halben Stunde sehen wir in ziemlicher Entfernung einen Schatten. Sollte das die Insel sein? Ich rudere näher heran, ja, es ist die Insel.

Als ich mich umdrehen will, flüstert Moni ängstlich: „Bloß nicht umdrehen, du weißt doch.“ Plötzlich ziehen dunkle Wolken auf und verdecken den Mond. Jetzt ist guter Rat teuer.

„Versuch doch mal, ob dir der kleine goldene Vogel helfen kann“, schlägt Moni vor. Ich nehme ihn aus meiner Hosentasche und setze ihn vorn ins Boot.

Da, wir trauen unseren Augen nicht, auf einmal schüttelt sich der kleine goldene Vogel und ist lebendig. Dann fliegt er los, kommt zurück, fliegt wieder los, kommt zurück. Anscheinend will er uns den Weg zeigen. Ich rudere in die Richtung, die er vorgibt und nach vielleicht zehn Minuten knirscht unter unserem Boot Sand. Wir sind endlich heil auf der Insel gelandet.

Vorsichtig und leise verstecken wir das Boot unter einem Busch und steigen aus. Moni hat etwas vorbereitet, eine Schnur mit je einer Schlaufe am Ende. „Die schlingen wir um unsere Handgelenke“, sagt sie, „so können wir uns freier bewegen und der Stein Mareles macht uns so vielleicht beide unsichtbar.“ Die Idee ist gut und so bleiben wir mittels der Schnur verbunden, wobei ich den Stein Mareles in der Hosentasche lasse.

Es ist stockdunkel und eigentlich können wir nichts, aber auch gar nichts sehen. Wir machen uns vorsichtig auf den Weg. Auf einmal können wir den kleinen goldenen Vogel wieder sehen, er scheint irgendwie leicht zu glühen. „Sieh mal, Moni, warum macht der so komische Bewegungen?“ Tatsächlich fliegt er wie in Wellen, rauf, runter, rauf, runter.

Urplötzlich sehen wir vor uns grelle Blitze und eine Gestalt taumelt in einiger Entfernung vor uns und fällt hin. Eine Stimme ertönt: „Was bist du blöd, du weißt doch, dass hier die Stolperdrähte gespannt sind.“ Jetzt erhebt sich ein Troll und ruft: „Mist, daran habe ich nicht gedacht.“

Wir wissen jetzt, dass sich um uns herum Stolperdrähte befinden, die wir nicht berühren dürfen. „Darum hat der kleine goldene Vogel diese Flugbewegungen gemacht, er wollte uns warnen.“

Wir machen einen großen Bogen um die Falle und der kleine Vogel fliegt jetzt wieder normal. Langsam nähern wir uns einem Lichtschein, es ist ein loderndes Feuer. Drum herum sitzt eine Gruppe Trolle. Irgendwie müssen wir ausprobieren, ob unser Stein Mareles wirkt.

Ich lasse Moni hinter einem dichten Busch zurück und gehe zum Lagerfeuer, aber obwohl ich genau daneben stehe, sieht mich keiner von den Trollen. Ich beobachte sie, komisch, zwei haben fünf Finger an den Händen und fünf Zehen an den Füßen, alle anderen vier.

Vorsichtig gehe ich zu Moni zurück und wir befestigen wieder das Band zwischen uns. Nun schleichen wir gemeinsam zum Feuer – herrlich, kein Troll kann uns sehen. Aber wo ist der Elfensmaragd?

Erst einmal hören wir den Trollen zu. „Nächsten Vollmond kommt Fedo hier her. Er will mit seinem Hofstaat feiern, 500 Jahre Vorherrschaft der Trolle."

„Ach, daher die ganzen Vorsichtsmaßnahmen, aber die Kinder können den Elfensmaragd doch sowieso nicht finden. Warum hat er so viel Angst?"

„Das verstehst du nicht, der Junge wollte kein Geschenk annehmen, als ob er gewusst hätte, dass er dann dem Trollkönig verfällt."

„Wo ist eigentlich der Smaragd versteckt?", fragt ein Troll mit vier Fingern. Einer der Trolle mit fünf Fingern antwortet hochmütig: „Der ist in einem Gang gut versteckt hier auf der Insel natürlich. Aber mehr sage ich nicht, denn du bist ein Troll mit vier Fingern und Zehen."

„Uns kannst du es doch sagen, wir kommen sowieso nicht von der Insel runter."

„Naja gut", fährt der Troll angeberisch fort, „selbst wenn jemand den Gang finden würde, kennt keiner das Geheimnis mit dem Schlangenkopf. Den muss man nämlich um 180 Grad drehen und dann muss derjenige wissen, dass er nur unbeschadet durch die Flammen gehen kann, solange er keine Angst hat."

„Wieso weißt du das denn und wir nicht?"

„Ich bin hier euer Anführer, zusammen mit dem da und ich muss wissen, wie wir den Smaragd schützen können, denn ihr habt nur vier Finger und Zehen. Ein richtiger Troll, so wie wir, hat fünf", meint er arrogant.„Daher seid ihr für uns nur Arbeitstiere und werdet von uns geduldet, nicht mehr. Ich weiß sogar, dass man den Stein nur zwischen Mitternacht und ein Uhr stehlen kann. Wer es zu einer anderen Zeit versucht, kommt in den Flammen um, selbst wenn er keine Angst hat. Wir können uns also für heute zur Ruhe legen, die Zeit ist fast vorbei."

Moni guckt mich enttäuscht an und ich gebe ihr ein Zeichen. Vorsichtig gehen wir zum Boot zurück, immer darauf bedacht, nicht die Stolperdrähte zu berühren.

Leise steigen wir in das Ruderboot und ich rudere schweigend zurück. Nach einiger Zeit hören wir ein Geräusch, irgendetwas ist in unser Boot gefallen.

Als wir nachsehen, finden wir den kleinen goldenen Vogel, jetzt wieder so leblos wie vorher. Vorsichtig stecke ich ihn in meine Hosentasche.

Das Boot bewegt sich wie von selbst und bald sind wir am Ufer. „Schade", sagt Moni, dann müssen wir in vier Wochen noch einmal los, danach sind wir dann gerade noch ein paar Tage hier bei Omi."

Später fallen wir erschöpft ins Bett und jetzt bin ich gar nicht böse darüber, dass Moni nicht alleine schlafen möchte.

Wir schlafen lange und frühstücken gerade, als Mama und Paps hereinkommen. Sie waren fast die ganze Nacht im Krankenhaus,

„Omi geht es noch immer nicht besser", erzählt Mama. „Die Ärzte meinen, sie lassen sie noch eine Woche im künstlichen Koma, so können die Beckenknochen besser zusammenwachsen. Dann will man sie aufwecken, sie ist dann transportfähig und kann entlassen werden.. Es sieht so aus, als ob wir sie nach Deutschland mitnehmen müssen. Paps fährt in vier Tagen zurück und wird schon mal alles vorbereiten."

Etwas später kommen Holger und Reni zurück und schwärmen : „Bei Eric und Rosi war es toll, was die für Spiele haben." Moni und mir ist das egal, wir hatten unsere eigenen Erlebnisse.

Wo ist die Trollhöhle?

Wir haben genau vier Wochen Zeit, um die Elfen zu erlösen. „Einfach wird das sicher nicht", sage ich stöhnend zu Moni und die stimmt mir tatsächlich mal zu. Immer wieder kreisen unsere Gedanken um dieses Problem.

In der nächsten Nacht ist Lidi wieder bei mir. Sie sieht noch trauriger aus: „In drei Tagen ist es so weit", erklärt sie niedergeschlagen „Fedo hat mir ausrichten lassen, dass er sich auf die Bedienung durch mich schon freut und mir besonders viel Arbeit aufbrummen will. Er weiß nämlich, dass ich in gerader Linie vom Elfenkönig Siro abstamme."

„Wie ist das eigentlich", frage ich Lidi, „ wenn wir den Elfensmaragd haben, was müssen wir dann machen?"

„Naja, so ganz einfach ist das nicht", flüstert Lidi und lächelt schon wieder ein wenig. Vielleicht will sie mir damit Mut machen, aber mir tut es in der Seele weh.

„Hinter der großen Höhle der Trolle stehen irgendwo die zwei Steinfiguren von Federico und Nadi, leider weiß ich nicht wo, das ist auch so ein Geheimnis. Beide halten sich wohl eng umschlungen. Genau zwischen ihnen ist eine herzförmige Vertiefung. Wenn der Smaragd, der auch herzförmig ist, dort hineingedrückt wird, sind wir erlöst. Aber ob es dazu jemals kommen wird? Ich weiß, ihr tut alles, dass wir erlöst werden, aber Fedo ist wohl zu mächtig. Ich kann nur noch zweimal zu dir kommen, dann ist alles aus.“ Diesmal rollen dicke Tränen über ihr Gesicht, und danach ist sie verschwunden.

Wieder vergeht ein Tag und wir haben noch immer keine Lösung gefunden. Gott sei Dank sitzt Lidi in der nächsten Nacht wieder auf meinem Bett.

„Lidi“, sage ich zu ihr, „ich mag dich wirklich sehr und ich will alles tun, um dir zu helfen. Auf welcher Seite stehen eigentlich die Trolle mit den vier Fingern und Zehen?“

„Ich glaube, sie sind auch nicht frei, würden es aber sehr gern wieder sein, denn die anderen Trolle behandeln sie wie Aussätzige. Sie dürfen nichts machen ohne die Einwilligung von Fedo oder den anderen Trollen. In Wirklichkeit sind sie Gefangene wie wir.“

„Wo befindet sich eigentlich der Eingang zur Trollhöhle?“

„Wenn du dem Bachlauf nach oben folgst, siehst du dort einen alten Steinbruch, das ist der Eingang. Aber es gibt noch eine zweite Möglichkeit um in die unterirdische Höhle zu gelangen. Wenn du links am Eingang vorbei gehst, steht weiter oben eine alte knorrige Eiche. Daneben ist eine kleine Felswand und da siehst du einen kreisrunden Stein, der wie eine Uhr mit einem Zeiger aus Stein aussieht. Diesen Zeiger musst du wie bei deiner Uhr auf die Zwei drehen, dann springt ein kleines Tor auf, bleibt aber nur ganz kurz geöffnet. Ein paar Schritte weiter in dem Gang sitzt ein Troll an einem Tisch, der das Tor bewachen soll, aber meistens schläft er und passt nicht auf. Lasst euch bloß nicht erwischen, sonst kommt ihr nie wieder ans Tageslicht."

„Danke, Lidi. Wir werden aufpassen."

„Ich muss jetzt gehen" sagt sie „Morgen Nacht kann ich noch einmal kommen, dann werde ich eine Trelfe." Sie sieht mich ein letztes Mal traurig an, dann ist sie verschwunden.

Am Morgen berichte ich Moni von meinem Traum und sie erzählt mir, dass bei ihr ganz viele Elfen waren und alle haben wieder gesungen: „Ihr schafft es, ihr schafft es und wir sind frei."

Omi kommt nach Hause

In drei Tagen muss Paps nach Hause fahren, sein Urlaub ist fast vorbei. Viel hat er ja nicht davon gehabt, aber er sagt: „Omi geht vor.“

Zwei Tage später kommt ein Anruf aus dem Krankenhaus. Omi ist endlich aus dem künstlichen Koma aufgeweckt worden und will nach Hause. Sofort bereitet Mama alles im Haus vor, dann fährt sie mit Paps zum Krankenhaus, um sie abzuholen.

Spät am Nachmittag hält ein Krankenwagen vor dem Haus, ein Arzt und zwei Helfer steigen zusammen mit Mama aus und bringen Omi mit einer Trage in ihr Zimmer. Jetzt fährt auch Paps mit unserem Wagen vor. Omi ist wach und lächelt uns an. Aufstehen darf sie erst einmal nicht und so braucht sie noch unsere Hilfe.

Später sitzen Moni und ich an ihrem Bett. „Na“, sagt sie, „dann erzählt mal. Die Elfen haben mir zwar schon Vieles berichtet, aber noch habt ihr es nicht geschafft.“

Wir sehen uns an und dann sagt Moni: „Wir dachten, du lägst im Koma, aber trotzdem weißt du schon alles, was wir gemacht haben?“

„Naja, ich lag wirklich im Koma, aber die Elfen

konnten mit mir sprechen und so weiß ich das meiste, aber sagt nur nichts eurer Mutter, die hat viel zu viel Angst, euch könnte etwas passieren. Ich habe diese Angst nicht, denn ich weiß, dass ihr es schaffen werdet."

Und so erzählen wir ihr alles von Anfang an und sie sagt bloß zum Schluss: „Jetzt glaubt ihr also doch an Elfen und Trolle so wie die meisten Menschen in Norwegen. Von den Trelfen habe ich allerdings auch erst vor kurzem erfahren. Ich drücke euch die Daumen, dass ihr die Elfen retten könnt, sie werden euch aus Dankbarkeit euer ganzes Leben lang begleiten und schützen. Ich würde ja auch gern helfen, aber das geht leider nicht. Übrigens, was ich noch sagen wollte", und dabei geht ein Leuchten über ihr Gesicht: „Ihr seid zwei tolle Enkel."

In der nächsten Nacht kann ich nicht einschlafen. Ich warte wohl auf Lidi. Sie schaut im Traum nur kurz zu mir herein und wirkt dabei unheimlich niedergeschlagen. „Morgen früh bin ich eine Trelfe und muss zu Fedo. Ich hasse ihn, aber was soll ich machen."

Noch einmal streicht sie mir übers Gesicht, lächelt mich unter Tränen an, küsst mich auf die Wange und ist verschwunden. Ich wache auf und wünsche mir:

„Lieber Gott, hilf uns, dass wir die Elfen erlösen können.“ Erst sehr viel später schlafe ich ein und höre in Gedanken das Lachen von Fedo.

Die Trollhöhle

Reni und Holger kapseln sich immer mehr ab, sie wirken verändert und wollen anscheinend nichts mehr mit uns zu tun haben. Sie sind nur noch mit Eric und Rosi zusammen. Uns soll es Recht sein, wir kümmern uns jetzt oft um Omi und außerdem haben wir genug Probleme und noch immer keine Lösungen.

Paps ist in Richtung Deutschland abgereist und Mama kümmert sich rührend um Omi. Holger und Reni sind mal wieder bei Eric und Rosi, sie wollen sogar dic nächsten drei Tage dort bleiben. Als sie am vierten Tag noch immer nicht auftauchen, gehen Moni und ich vorbei. Mama hat gesagt: „Es sind eure Freunde, also holt sie ab.“

Als wir zum Haus kommen, wo die Eltern von Eric und Rosi wohnen, ist dort alles dunkel und die Jalousien sind herunter gelassen. Trotzdem klopfen wir, aber alles bleibt ruhig. Plötzlich taucht der Nachbar auf und erzählt uns: „Die sind gestern abgereist und die beiden Kinder aus Deutschland sind nach Hause gegangen."

Komisch, bei uns sind sie nicht angekommen. Wo stecken die bloß? Mama reagiert verstört. „Ich habe die Verantwortung", meint sie. Deshalb ruft sie bei der Polizei an. Zwei Beamte erscheinen eine Stunde später. Sie telefonieren zuerst mit den Eltern von Eric und Rosi und erfahren, dass Holger und Reni sogar noch einen Tag früher nach Hause gegangen sind, also sind die beiden schon seit zwei Tagen verschwunden.Etwas später bekommt die Polizei Verstärkung. Mehrere Beamte suchen die ganze Gegend am See und im Wald ab, doch von den beiden fehlt jede Spur.

„Was meinst du, Moni, ob Fedo und die anderen Trolle damit etwas zu tun haben?"

„Ich könnte es mir vorstellen. Los, wir müssen in die Trollhöhle."

Am Nachmittag machen wir uns auf den Weg. Der Stein Mareles steckt in meiner Hosentasche, das Band haben wir auch mitgenommen und den kleinen goldenen Vogel. Zuerst gehen wir an der Kiefer vorbei. Hier sitzen noch immer die zwei Trolle und passen auf den Stein auf, den wir in der Tasche haben. Da wir das Band angelegt haben, kommen wir ungesehen vorbei und folgen dem Bach.

Endlich tauchen der Steinbruch und der Haupteingang auf. Leise gehen wir nach links und suchen den Seiteneingang. Und tatsächlich, ungefähr hundert Meter weiter an der knorrigen Eiche sehen wir eine kleine Felswand mit dem Kreis, der an eine Uhr erinnert.

„Moni, bist du bereit? Wir dürfen innen mit niemandem zusammenstoßen und keinen Krach machen, egal was passiert."

„Los", sagt sie, „wir werden es schon schaffen, denk an deine Lidi."

Nachdem wir den Zeiger auf die Zwei gestellt haben, springt tatsächlich ein kleines Tor auf, so klein, dass wir kaum hindurchpassen. Im Inneren brennen Kerzen und ein Stückchen weiter sitzt wirklich ein Troll und schläft tief und fest, also keine Gefahr für uns.

Vorsichtig gehen wir den Gang weiter. In der Höhle gibt es eine Reihe von Räumen, die in den Stein gehauen wurden, alle ohne Türen. Oben an der linken Wand hat man wohl Platz schaffen wollen und überall Steine herausgeschlagen. Vielleicht ist dadurch die Belüftung besser. Ein guter Kletterer könnte da oben auf allen Vieren lang kriechen.

In einem Raum sitzen mehrere Trolle und spielen Karten. Es folgen immer mehr Räume, in denen die Familien der Trolle wohnen. Eigenartigerweise haben alle diese Trolle fünf Finger und fünf Zehen. Hier sehen wir auch zum ersten Mal Trelfen, die anscheinend die ganze Arbeit machen müssen. Die Trelfen erinnern nur noch entfernt an Elfen, sie sind relativ dick und haben kleine stummelartige Flügel. Moni sieht mich an und flüstert leise: „Ob die damit noch fliegen können?“

In einigen Räumen liegen Vorräte, aber auch Materialien und Werkzeuge. Wir schleichen uns den

Gang entlang und gelangen schließlich in einen Saal. Hier sehen wir einen größeren und einen kleineren Thron. Auf dem größeren sitzt Fedo und auf dem kleineren, das ist wohl seine Frau, als Trollfrau auch keine Schönheit. Auch sie hat wie Fedo einen „Doppelbuckel" und einen nackten Schwanz mit einem rötlichen Haarbüschel daran. Und jetzt sehe ich meine Lidi und kann es kaum fassen. Sie ist zwar nicht so dick wie die anderen Trelfen, aber das Grazile ist weg und ihr spitzbübisches Lächeln - dabei sah sie doch mal so toll aus. Auch ihre Flügel erscheinen mir kürzer, alles in allem, ich bin entsetzt und mein einziger Gedanke ist: „Ich muss sie unbedingt retten!"

Ein ganzes Stück unter Fedo steht ein kleiner Thron, eigentlich ein Minithron. Darauf sitzt ein steinalter Troll. Dieser hat vier Finger und vier Zehen. Neben ihm, nicht erhöht scheint seine Frau zu sitzen. Beide machen einen verhärmten Eindruck – ob das wohl der Trollkönig der Trolle mit vier Fingern ist? Fedo sagt gerade zu ihm: „He, du da unten, deine Zeit ist auch bemessen. Wenn du nicht bald ein anderes Gesicht machst, schicke ich dich und alle deine Trolle in das Silberbergwerk", und dabei lacht er meckernd. „Hol mir Wein!" befiehlt Fedo meiner

Lidi und sie muss gehorchen. Lange Zeit stehen wir am Eingang des Saales und können es nicht fassen. Dann gehen wir vorsichtig hindurch und gelangen erneut in einen langen Gang, vielleicht zwei bis drei Meter breit, der nach unten führt. Er endet in einem zweiten Saal und hier erblicken wir Reni und Holger. Beide haben verweinte Augen und wären wohl sicher gern woanders, aber nicht in der Höhle.

Was sollen wir bloß machen? Sie sofort herausholen, geht leider nicht. Zu allem Überfluss erscheint nun auch noch Fedo und baut sich vor ihnen auf. „Das habt ihr wohl nicht erwartet? Ich konnte euch nur hierher locken, weil ihr nicht an Trolle geglaubt habt und weil ihr so gierig wart und unsere Geschenke angenommen habt. Aber eure Freunde kriege ich auch noch, das ist nur eine Frage der Zeit. Ihr werdet euch in der Silbermine nützlich machen“, verkündet er mit diabolischem Lachen, „ und die Höhle ist ab jetzt euer Zuhause. Nichts mehr mit Sonne und spielen, ihr gehört jetzt mir. Die Polizei sucht zwar nach euch, wird euch aber nicht finden.“

„Warum machen Sie das?“ will Reni von ihm wissen. „Unsere Eltern werden uns suchen und finden.“

„Eure Eltern sind so mit sich selbst beschäftigt, dass sie dafür keine Zeit haben. Wir werden ja sehen“, und mit einem meckernden Lachen verschwindet er.

„Wir müssen ihnen Mut machen“, flüstert mir Moni zu. Sie zieht mich zu den beiden und ich muss notgedrungen folgen. Leider hat Fedo einen Bannkreis um sie gezogen, das merken wir, weil der Stein Mareles plötzlich anfängt zu vibrieren. Fliehen können sie also nicht, es sei denn vielleicht irgendwie weiter in die Höhlehinein.DenBannkreiswollenwirnatürlichnicht berühren, denn wir wissen nicht, was dann passiert.

„Pssst“, flüstert Moni, „ Reni und Holger, hört ihr mich?“

„Ja“, flüstert Reni erstaunt zurück, „wo seid ihr?“

„Direkt am Bannkreis, aber ihr und die Trolle können uns nicht sehen. Wir holen euch hier raus, aber es wird ein paar Tage dauern, das müsst ihr aushalten und verplappert euch bloß nicht. Fedo darf nicht wissen, dass wir hier waren. Wir müssen noch ins Silberbergwerk. Also, seht euch vor und kein Wort zu einem Troll. Wie seid ihr überhaupt in diese Höhle gekommen?“

„Wir wollten zu euch zurück“, berichtet Holger stockend, „auf einmal kamen viele Trolle. Sie warfen uns Säcke über den Kopf, dann wissen wir nichts mehr. Aufgewacht sind wir hier. Hätten wir doch auf euch gehört.“

„Im Augenblick können wir euch leider nicht herausholen, aber in ein paar Tagen ist es so weit, versprochen. Haltet durch, tschüss, wir müssen weiter.“

Hinter dem Saal beginnt ein neuer Gang und führt immer weiter in die Tiefe. Jetzt wird es auch merklich wärmer. Schließlich stehen wir im Bergwerk.

Hier wird also Silber abgebaut. Unzählige Trelfe arbeiten hier, die meisten stumpfsinnig, ohne ein Wort zu sagen. An jeder Ecke stehen zwei bis drei Trolle und beaufsichtigen die Trelfen und wenn einer nicht schnell genug ist, schlagen die gemeinen Trolle mit ihren Peitschen unbarmherzig zu. Auch Trolle mit vier Fingern müssen hier schuften, sie sind wohl auch Gefangene.

„Was meinst du, Moni, sollen wir ein wenig Unruhe stiften?“ Sie nickt und ich sehe mich aufmerksam um. Gerade kommt eine Lore auf den Schienen angefahren. Blitzschnell lege ich die Weiche um und danach sofort wieder zurück. Die Lore saust auf eine Gruppe von Trollen zu und die können sich nur mit einem Sprung in eine Abfallgrube retten. Auch die Lore landet dort unten und ein wildes Geschrei ertönt.

Mühsam klettern die Trolle heraus. Sie stürmen zu der Weiche, aber die befindet sich wieder in der richtigen Stellung und da sich keine Trolle und keine Trelfen auch nur in der Nähe der Weiche aufhalten, stehen sie ratlos davor. Nicht weit davon sehen wir drei voll beladene Loren auf einer Bergkuppe stehen, und ein Troll legt gerade Bremskeile unter die Räder, damit die Loren nicht den Berg herunter rollen können. Ich ziehe Moni zu den Loren und als niemand hinguckt, entferne ich blitzschnell die Bremskeile. Kurze Zeit später setzen sich die Loren quietschend in Bewegung, werden immer schneller und schneller. Entsetzt springen die Trolle zur Seite und die Loren rasen auf eine Wand zu, die mit ohrenbetäubendem Knall zerbricht. Dahinter sehen wir einen versteckten Gang, der in völligem Dunkel liegt. Nicht der kleinste Lichtstrahl ist darin zu sehen. In dem Gang muss ein Geheimnis stecken, denn kaum ist der sichtbar geworden, stürzen sich viele Trolle auf die Wand und versuchen das Loch zu schließen.

Andere Trolle laufen durcheinander und wissen nicht, was sie tun sollen. Schließlich rennen sie zu einem Trelfen, der größer ist und trotz seiner Gefangenschaft eine unheimliche Würde ausstrahlt. Sollte das der Elfenkönig sein? Sie reden auf ihn ein, aber er hebt die Schultern und dann lacht er sie aus. Wir können nicht verstehen, was er sagt, aber andere Trelfe beginnen auch zu kichern und bald lachen alle im Bergwerk. Nicht alle, die Trolle mit den fünf Fingern natürlich nicht.

„Komm Moni, mit dem da drüben müssen wir

sprechen“, sage ich und ziehe sie mit zu dem großen Trelfen. Sie ist wohl der gleichen Meinung. Vorsichtig pirschen wir uns an den großen Trelfen heran und als wir fast neben ihm stehen flüstere ich: „Pssst, ich nehme an, Sie sind der Elfenkönig?“ „Ja, der bin ich“, flüstert er zurück, „wer seid ihr und warum kann ich euch nicht sehen?“

„Wir wollen euch befreien. Wir sind Moni und Chris und haben den Stein Mareles. Auf der Insel waren wir schon und hoffen, beim nächsten Vollmond den Elfensmaragd zu bekommen. Wenn alles gut geht, sind hier bald alle frei.“

„Ihr seid die zwei Kinder, die uns nach der Prophezeiung befreien können. Damit würde mein größter Wunsch in Erfüllung gehen. Seid vorsichtig und ich wünsche euch alles Glück dieser Erde. Wenn ihr auf der Insel seid, sprecht vorsichtig mit den Trollen, die vier Finger und Zehen haben. Sie sind auch nicht frei und können euch vielleicht helfen. Ich gebe die Nachricht an alle meine Untertanen weiter und auch an die Trolle mit vier Fingern. Wenn wir irgendwie helfen können, wir werden alles tun.“

„Falls wir den Smaragd haben, brauchen wir hier ein kleines Durcheinander.“

„Das sollt ihr haben, dafür werde ich sorgen.“

Da alles gesagt ist, ziehen wir uns vorsichtig zurück und verlassen das Bergwerk. Auf dem Rückweg sprechen wir auch Reni und Holger nicht noch einmal an, man soll sein Glück nicht überstrapazieren. Schon bald stehen wir wieder draußen und kehren nach Hause zurück.

Ärger mit Fedo

Wir setzen uns an Omis Bett. Sie sieht uns verschmitzt an und sagt: „Jetzt habt ihr also auch Trolle und Elfen gesehen. Aber seid vorsichtig, die Trolle dürfen euch nicht in ihre Gewalt bringen." Wir versprechen es ihr und sie scheint ein wenig beruhigt zu sein.

Leider geht es ihr noch immer nicht besser und der Tag rückt näher, an dem sie wohl mit nach Deutschland fahren muss. Sie hofft trotzdem auf ein Wunder, denn sie möchte natürlich lieber in ihrem kleinen Haus am See bleiben.

In der dritten Nacht, nachdem wir in der Trollhöhle waren, erscheint mir Lidi, jetzt als Trelfe. Ob sie wirklich da ist oder ob es nur ein Traum ist, ich weiß es nicht. Schwerfällig fliegt sie in mein Zimmer und setzt sich auf mein Bett.

„Chris", sagt sie, „eure Freunde haben sich

verplappert, Fedo weiß jetzt, dass ihr den Stein Mareles habt. Morgen will er sich selbst an der Kiefer überzeugen, ob Reni die Wahrheit gesagt hat. Er kann aber erst dorthin gehen, wenn es dunkel ist. Fedo hat Reni und Holger wieder belogen, dass ihr schon längst bei ihm in einem Gefängnis sitzt und als Reni voller Überzeugung gesagt hat: ‚Das kann nicht sein, ich habe erst vor kurzem mit ihnen gesprochen', da hat Fedo sofort kapiert und ist wutentbrannt zu seinem Thron zurück gerannt. Danach ist er wie ein Tier hin – und hergelaufen und hat jeden angebrüllt, der in seine Nähe kam. Nur einer hat ein bisschen in sich hineingegrinst, der König der Trolle mit den vier Fingern, als ob er etwas wüsste.

So, mein lieber Chris, ich muss schleunigst zurück, Fedo darf mich nicht vermissen." Schwerfällig stößt sie sich ab und fliegt taumelnd davon.

Am Morgen erzähle ich Moni meinen Traum und sie meint: „Heute Abend müssen wir unbedingt sehen, was an der Kiefer passiert."

Die Polizei sucht noch immer nach Reni und Holger. Heute sind sogar deutsche Polizisten gekommen, aber denen können und wollen wir nichts erzählen. Die Eltern von Holger und Reni werden auch so schnell wie möglich nach Norwegen kommen.

Es wird Abend, wir müssen uns aus dem Haus schleichen, Mama hat unheimliche Angst, dass uns etwas passieren könnte. Wir haben das Band und den kleinen goldenen Vogel eingepackt. Vorsichtig schleichen wir uns in die Nähe der Kiefer, aber niemand ist da, oder doch, die beiden Trolle halten noch immer Wache.

Dann wird es auf einmal lauter, wir hören Geräusche und kurze Zeit später taucht Fedo mit einer Reihe von Trollen auf. „Gibt es etwas Neues?“, faucht er die beiden Wachen an.

„Nein, alles in Ordnung“, geben die zurück.

„Von wegen, los, holt den Stein Mareles!“

„Aber wir dürfen ihn doch nicht anfassen, sonst bricht er in zwei Teile.“

„Los holt ihn, oder soll ich euch Beine machen?“ Die beiden gehen zur Kiefer und graben den Stein aus. „Hier ist er“, sagen sie zitternd und wollen ihn Fedo überreichen. Der wirft nur einen kurzen Blick drauf und brüllt dann: „Das ist nicht der echte Stein, ihr Volltrottel! Den haben die beiden Kinder ausgetauscht! Die haben ihn jetzt und stehen dadurch vielleicht unsichtbar neben uns und lachen sich halbtot! Los, sucht sofort die Umgebung ab und ihr zwei kommt in die Höhle und empfangt eure gerechte Strafe!“

Wir ziehen uns schnell zurück, denn man kann auch rein zufällig erwischt werden. Jetzt ist guter Rat teuer, die Trolle werden ganz sicher alle Kräfte mobilisieren, damit wir nicht an den Elfensmaragd kommen.

Warten auf den Vollmond

Da wir nicht wissen, wie wir Reni und Holger im Augenblick helfen können, lenken wir uns ein wenig ab. In den nächsten Tagen lesen wir, schwimmen im See oder liegen am Strand, denn Vollmond ist erst in zehn Tagen. Oft sitzen wir bei Omi am Bett.

Eines Tages sagt sie: „Wisst ihr überhaupt wo der See aus der Sage liegt? Ich habe mir schon den Kopf zerbrochen, aber ich kenne ihn nicht, obwohl ich in Norwegen groß geworden bin."

„Mach dir keine Sorgen, wir wissen, wo er ist, denn dein Haus steht direkt an diesem See, früher hieß er nämlich Conossee."

„Das habe ja ich noch nie gehört, woher wisst ihr das?"

„Der Pfarrer hat es uns erzählt, er hat alte Chroniken, die das beweisen. Außerdem haben wir die Insel schon gefunden."

Die Tage vergehen und wir werden immer unruhiger. Letzte Nacht war auf einmal Fedo bei mir. Er versprach mir große Reichtümer, wenn ich ihm den Stein Mareles zurückgebe, aber ich lehnte ab und dann drohte er: „Du hast doch eine so nette

Schwester. Wenn du willst, dass das weiter so bleibt, musst du auf mich hören." Als ich auch auf diese Drohung nicht reagierte, verschwand er plötzlich.

Ich erzähle Moni von dem nächtlichen Besuch, aber sie scheint keine Angst zu haben: „Lass ihn nur kommen, er kann mich zwar in seine Höhle bringen, aber tun kann er mir nichts. Ich habe nämlich von den Elfen einen Schutzzauber erhalten." Beruhigt gehen wir zur Omi und bringen ihr das Frühstück.

Auf dem Kalender sehen wir: In drei Tagen ist wieder Vollmond. Paps hat öfter mit Mama telefoniert und hat erzählt, dass die Eltern von Reni und Holger ganz verzweifelt sind und am nächsten Wochenende mit ihm zusammen nach Norwegen kommen wollen. Anscheinend haben sie sich durch das Verschwinden von Reni und Holger wieder vertragen.

Am nächsten Morgen ist Moni verschwunden, einfach so. Ich kann mir natürlich vorstellen, was passiert ist, aber Mama ist hektisch und kann sich nicht beruhigen: „Wären wir mal abgereist", sagt sie immer wieder und als ich ihr sage: „Das ging doch wegen Omi nicht", ist sie untröstlich und weint die ganze Zeit. Ich würde ihr ja gern etwas erzählen, aber das geht nicht.

Nächste Nacht kommt Lidi schwerfällig in mein Zimmer geflogen. Ich habe sie schon erwartet und habe das Fenster offen gelassen. Jetzt ist es kein Traum mehr.

„Was sollen wir bloß tun?“, sagt sie, „Fedo hat Moni in die Höhle schleppen lassen, kann ihr aber nichts tun, weil sie unseren besonderen Elfenschutz hat. Eigenartigerweise lässt sie sich nicht einschüchtern, obwohl sie in einen doppelten Bannkreis eingeschlossen ist. Sie hat ihn sogar ausgelacht.“ Darüber bin ich sehr froh, sie weiß sicher, dass ich alles tun werde, um sie zu befreien.

Bevor Lidi wieder zurück in die Trollhöhle muss, gibt sie mir einen eiförmigen Gegenstand. „Das soll ich dir von unserem Elfenkönig Siro geben. Ich habe gar nicht gewusst, dass er dich kennt. Er sagt, mit diesem Gerät kannst du jeden Bannstrahl ausschalten. Sieh mal, hier vorn sind zwei Punkte zum ein – und ausschalten. Er meint, das Gerät könnte dir vielleicht nützlich sein.“

„Klasse Lidi, das wird mir sicher helfen.“

„Morgen ist Vollmond“, sagt sie, „ich wünsche dir um Monis und um unser aller Willen alles Glück der Welt.“ Komisch, sie benutzt die gleichen Worte wie ihr König. Kurze Zeit später ist sie verschwunden.

Monis Befreiung

Ich liege lange Zeit wach und überlege: „Soll ich morgen in die Trollhöhle eindringen und versuchen, Moni zu befreien? Zusammen könnten wir sicher auf der Insel mehr erreichen.“ Über diese Gedanken schlafe ich ein, aber am Morgen fasse ich einen Entschluss: „Wer nicht wagt, der nicht gewinnt, ich werde Moni befreien!“

Nach dem Frühstück suche ich alle Sachen zusammen, die ich brauche. Das Band, damit wir beide unsichtbar sind, den eiförmigen Gegenstand von Lidi, den Stein Mareles und den kleinen goldenen Vogel. Dann schleiche ich mich aus dem Haus und mache mich auf den Weg zur Trollhöhle.

Wieder komme ich an die Uhr aus Stein, stelle den Zeiger auf die Zwei und warte. Das kleine Türchen öffnet sich und ich krieche vorsichtig hinein. Der Troll, der die Tür bewachen soll, schläft schon wieder, also keine Gefahr. Vorsichtig schleiche ich mich weiter. Überall stehen jetzt Wachen, alles Trolle mit fünf Fingern. Da, mit einem Sprung zur Seite rette ich mich, fast hätten mich zwei Trolle umgerannt.

Schließlich komme ich in den Saal des Trollkönigs

Fedo. Er sitzt nicht auf seinem Thron, kommt aber etwas später herein. „Alle mal herhören, heute Abend werde ich mit einigen von euch zur Insel fahren. Wir müssen mit allem rechnen, denn Christian, den wir heute Morgen verschleppen wollten, ist verschwunden. Wahrscheinlich wird er versuchen, den Smaragd zu stehlen. Aber das werden wir verhindern, unser bisheriges Leben steht auf dem Spiel. Traut keinem Troll mit vier Fingern, keiner Elfe und keiner Trelfe. Moni kann durch den doppelten Bannstrahl nicht fliehen. Nach dieser Nacht müssen wir noch genau fünf Tage aufpassen, dass Nasi und Federico in dieser Zeit nicht befreit werden. Danach haben wir wieder die Macht für die nächsten 500 Jahre."

Er setzt sich auf seinen Thron und ich schleiche mich vorsichtig durch den Raum zum Gang nach unten. Im nächsten Saal sitzen noch immer Reni und Holger und können sich nicht vom Fleck bewegen. Beide sehen recht zerzaust und unglücklich aus. Ich kann ihnen aber zurzeit nicht helfen und ansprechen möchte ich sie auch nicht, aus Angst entdeckt zu werden. Also muss ich an ihnen vorbei gehen und sehe mich nach Moni um.

In einer Ecke haben die Trolle eine halbhohe Wand errichtet und dahinter sitzt Moni. Ein

Bannstrahl befindet sich vor der Mauer und einer dahinter. Da die Trolle glauben, der doppelte Bannstrahl reiche aus, gibt es keine weitere Wache und so komme ich ungesehen fast bis zur Mauer.

„Pssst, Moni“, flüstere ich, „ich bin’s. Bist du gefesselt, kannst du gehen oder ist sonst irgendetwas mit dir?“

„Oh, Chris“, flüstert sie zurück, „ich wusste, dass du kommen würdest, ich bin nicht gefesselt und natürlich kann ich gehen, was soll ich tun?“

„Verhalte dich ganz ruhig und wenn die Bannstrahlen verschwunden sind, klettere schnell über die Mauer.“

Jetzt nehme ich das eiförmige Gerät aus der Tasche, richte es auf den vorderen Bannstrahl und schalte es ein. Kurze Zeit passiert nichts, doch dann verformt sich der Bannstrahl und ist verschwunden. Nun richte ich ihn auf den inneren Bannstrahl und nach kurzer Zeit ist auch er verschwunden. Schnell klettert Moni über die kleine Mauer und ich streife ihr unser Band über. Nun sind wir beide unsichtbar und machen uns auf den Rückweg.

Als wir in der Mitte des Saales sind, wo Fedo sitzt, rennt plötzlich ein Troll auf ihn zu und redet schnell auf ihn ein. Fedo stößt einen Wutschrei aus und brüllt: „Alle zum Ausgang, Moni darf uns nicht entkommen.“ Er selbst rennt genauso los und mit ihm viele Trolle. Schnell drücken wir uns an die Wand. Jetzt bloß nicht gefasst werden. Aber die Trolle denken nur an den Haupteingang und nicht an den kleinen Ausgang an der Seite. Wir laufen vorsichtig, aber so schnell wir können, dorthin. Der Troll am Ausgang ist zwar durch den Krach aufgewacht, steht aber nicht einmal auf. Dadurch kommen wir zur Seitentür, die man von innen nur aufdrücken muss. Schnell schlüpfen wir durch das Tor, das sich sofort wieder hinter uns schließt.

„Wie hast du das gemacht?“ fragt Moni draußen.

„Ich hatte Hilfe durch Lidi und den Elfenkönig. Aber was erzählen wir Mama? Sie ist ganz außer sich vor Angst.“

„Ich erzähle ihr, dass ich mich verlaufen habe und das kann sie glauben oder nicht. Wahrscheinlich ist sie froh, dass ich wieder da bin. Heute ist doch Vollmond, hast du alles vorbereitet?“

„Ja, natürlich, wir müssen nur sehen, wie wir ungesehen am Abend wegkommen.“

Als wir bei Omi ankommen, will Mama natürlich sofort wissen, wo Moni war und die hat sich eine ganz plausible Geschichte ausgedacht. „Ich wollte

Geißkraut suchen. In einem alten Buch vom Dachboden habe ich eine Zeichnung gefunden, und gelesen, dass das Geißkraut Omi heilen kann. Ich habe es gesucht und bin immer tiefer in den Wald gelaufen. Als ich umkehren wollte, war es schon dunkel und so habe ich in einer Höhle übernachtet. Heute Morgen kam mir Chris entgegen und da bin ich wieder.“ Mama ist einfach froh, umarmt Moni und fragt nicht weiter. Später erzählen wir Omi die richtige Geschichte und sie verspricht, Mama am Abend abzulenken, damit wir zur Insel fahren können.

Gegen Mittag tauchen die Eltern von Holger und Reni mit Paps auf. Er hat ein paar Tage Sonderurlaub wegen der Vorkommnisse hier in Lindesnes erhalten. Sie sind zu dritt mit unserem Auto gekommen. Die Eltern von Holger und Reni haben sich irgendwie wieder vertragen, jedenfalls reden sie nicht mehr von Scheidung.

Die Erwachsenen sitzen niedergeschlagen in Omis Wohnzimmer, machen können sie im Augenblick nichts. Wir hocken an Omis Bett und sie hat einen tollen Plan: „Auf dem Dachboden steht rechts hinten ein kleiner Schrank“, sagt sie, „im unteren Fach liegt eine kleine braune Tüte, die bringt ihr mir und eine

Flasche Rotwein aus dem Keller. In der Tüte ist ein leichtes Schlafmittel."

„Wie kommst du denn daran?" unterbricht sie Moni.

„Ach, damit habe ich mal meinen Opa für eine Nacht ausgeschaltet, ich wollte unbedingt zum Tanz in den Mai und meine Oma hatte es mir erlaubt. Ihr wisst ja, ich bin bei meinen Großeltern aufgewachsen."

„Und wie ist es ausgegangen?"

„Na, Opa hat die ganze Nacht tief und fest geschlafen, Oma hat ihn ins Bett gebracht, und er hat nichts davon gemerkt", kichert sie. „Danach musste ich das Schlafmittel auf den Dachboden schaffen und meiner Oma versprechen, so etwas nie wieder zu machen. Habe ich auch nicht, aber jetzt ist eine Notlage. Wir präparieren den Wein und ihr bringt jedem ein Glas mit einem schönen Gruß von mir, sie sollen auf meine Gesundheit anstoßen."

Gegen Abend stehen die Erwachsenen vor der Tür und unterhalten sich, für uns die Gelegenheit für den Dachboden. Wir klappen die Leiter aus und Moni huscht nach oben, während ich Schmiere stehe. In null Komma nichts ist sie zurück und wir klappen die Leiter wieder hoch. Keine Sekunde zu früh, denn schon kommt Mama von draußen rein. Ich habe die

Tüte in der Hosentasche und wir bringen sie schnell zu Omi. Etwas später besorge ich die Flasche Rotwein und vier Gläser und öffne die Flasche neben Omis Bett.

Auf der Draconinsel

Nach dem Abendbrot sitzen die vier Erwachsenen vor dem Fernseher und wir liegen in unserem Zimmer. Moni und ich schlafen wieder in einem Raum, alles ist für unseren nächtlichen Ausflug bereit: der Stein Mareles, das Band - wir nehmen noch ein anderes, längeres mit, wer weiß, was kommt -, zwei Taschenlampen, der kleine goldene Vogel, mein Taschenmesser und der eiförmige Gegenstand von Lidi. Natürlich wollen wir uns nachher dunkle Sachen anziehen, damit wir nicht gesehen werden. Ich nehme noch Papier und Bleistift mit, vielleicht müssen wir uns etwas aufschreiben. Wir haben geplant, dass wir uns gegen zehn Uhr wegschleichen.

Um halb zehn gehen wir zu Omi und die hat schon alles vorbereitet. Der Wein ist schon in den Gläsern und Omi zwinkert uns zu. Etwas später bringen wir den Wein nach unten und Moni sagt: „Einen schönen Gruß von Omi und ihr sollt auf ihre Gesundheit anstoßen. Sie sagt, nach altem Brauch soll das Glas in einem Zug geleert werden, dann wird der, auf den man trinkt, schneller gesund."

Alle vier nehmen das Glas und Paps meint: „Tun wir ihr den Gefallen, also Prost allerseits." Die Vier trinken den Wein tatsächlich in einem Zug aus, und wir verziehen uns nach oben.

Neugierig setzen wir uns oben in den Flur und warten. Als wir kurze Zeit später vorsichtig um die Ecke blicken, liegen alle zurückgelehnt und schlafen tief und fest. Mama und Paps auf dem Sofa und die Eltern von Holger und Reni in Sesseln. Wir ziehen uns schleunigst um, gehen noch einmal kurz zu Omi rein und berichten ihr, dann ziehen wir los.

Unser Ruderboot liegt noch immer an der gleichen Stelle versteckt im Schilf. Wir setzen uns ins Boot und ich rudere in Richtung Vollmond. Gott sei Dank ist der gut zu sehen.

Auf halbem Weg setze ich den kleinen goldenen Vogel vorn ins Boot und wie beim letzten Mal schüttelt er sich und fliegt vor uns her. Gegen elf Uhr stoßen wir auf Grund, wir haben die Insel erreicht. Aus irgendeinem Grund verstecke ich die Ruder extra in einem Gebüsch, fast ganze hundert Meter vom Boot entfernt. Moni meint zwar: „Du spinnst, lass die Ruder bei dem Boot“, aber eine innere Stimme sagt mir: „Versteck sie woanders!“

Mit aller Vorsicht schleichen wir ans Ufer. Unser Band verbindet uns und macht uns unsichtbar. Der kleine Vogel fliegt vor uns her und da wir wissen, wo ungefähr die Stolperdrähte angebracht sind, kommen wir einigermaßen rasch vorwärts.

Ziemlich weit voraus brennt ein riesiges Feuer und viele Trolle sitzen drum herum. Fedo hat anscheinend Wachen eingeteilt, immer zwei Trolle laufen in einem großen Kreis um das Feuer.

Langsam schleichen wir uns näher. Wir müssen erfahren, wo der Tempel mit dem Smaragd ist. Und dann hat Moni eine Idee: „Sieh mal“, flüstert sie, da hinten an einem Extrafeuer sitzen anscheinend die Trolle mit den vier Fingern, vielleicht können die uns helfen.“

Wir gehen vorsichtig zu der Gruppe. Die Trolle sitzen auf dem Boden und unterhalten sich leise und jetzt habe ich eine tolle Idee. Der Trollkönig Zori will auch frei sein. Vielleicht hat er seinen Untertanen eine Botschaft geschickt, dass sie uns helfen sollen. Ich schreibe auf einen Zettel mit großen Buchstaben: ‚Helft uns, wir suchen den Gang mit dem Smaragd!‘ Nun schleichen wir uns bis dicht zum Kreis und ich lasse den Zettel in die Mitte flattern. Einer der Trolle nimmt ihn hoch und zeigt ihn leise den anderen und jetzt beginnen sie eine unverfängliche Unterhaltung.

„Weiß eigentlich jemand, wo sich der Gang mit dem Smaragd befindet?“

„Ja, ich. Man muss an dem großen Baum dahinten vorbeigehen, ungefähr 300 Schritte weiter ist der Eingang zu einer Höhle. Dieser Eingang ist nicht leicht zu finden, aber davor steht ein rechteckiger Stein. Genau gegenüber von dem Stein bwfinden sich in der Felswand zwei Vorsprünge, wie zwei Äste. Man kommt nur hinein, wenn man eine ganz bestimmte Kordel zwischen die beiden Äste spannt. Zufällig habe ich eine solche Kordel hier.“

Er zieht sie aus der Tasche und legt sie vor sich hin und dann sagt er: „Seht mal, was da oben los ist“, und alle schauen hoch. Als alle das tun, nimmt Moni blitzschnell die Kordel an sich und steckt sie in die Tasche. Zwar sehen die Trolle, dass die Kordel weg ist, aber keiner verliert darüber ein Wort.

„Und wie geht es dann weiter?“ fragt der erste Troll. Und wieder weiß ein anderer Rat. „Ich war einmal dort. Wenn die Kordel gespannt ist, öffnet sich ein Teil der Felswand. Aber man muss innerhalb von zehn Sekunden hindurchgehen, dann schließt sie sich wieder. Im Inneren ist eine Art Vorraum und da, an der linken Wand befindet sich der Schlangenkopf, den man um 180 Grad drehen muss. Mehr weiß ich auch nicht, nur dass irgendwo die Flammen sein müssen, durch die man furchtlos gehen muss."

„Ich weiß noch", meldet sich ein dritter Troll zu Wort, „dass es keinen Rückweg durch diese Räume gibt, es muss ein Ausgang nach hinten aus dem Raum geben, in dem der Smaragd liegt. Zwei Trolle haben sich mal darüber unterhalten."

Moni und ich haben aufmerksam zugehört und Moni meint: „Die vierfingrigen Trolle haben anscheinend Nachricht von ihrem König bekommen und stehen auf unserer Seite."

„Ach übrigens", sagt ein anderer Troll und spricht uns direkt an, „ihr solltet einen großen Bogen um das Feuer machen, Fedo hat vor Kurzem einen besonderen Bannkreis gezogen, in dem wirkt der Stein Mareles nicht, ihr seid dann nicht mehr unsichtbar."

Wir verlassen den Kreis der Trolle und wenden uns dem großen Feuer zu. Gut, dass wir von dem Bannkreis wissen, sonst hätten die Trolle uns sicher erwischt. Vorsichtig, immer darauf bedacht, den

Bannkreis nicht zu berühren, schleichen wir vorwärts. Wir haben Zeit, denn es dauert noch eine halbe Stunde bis Mitternacht.

Die Trolle, die um das Feuer patrouillieren, gehen einen ganz komischen Zick – Zack –Weg. Ob da die Grenze des Bannkreises ist? Als wir uns näher heranpirschen, kommen zwei Trolle vorbei und der eine sagt zum anderen: „Da brauchst du nicht lang zu gehen, hier ist der Bannstrahl zu Ende.“ Moni guckt mich an und flüstert: „Gut zu wissen.“

Wir machen einen riesigen Bogen um das Feuer und nähern uns langsam dem Eingang der Höhle. Es ist viertel nach zwölf. Da ist ja auch der rechteckige Stein. Nun suchen wir die beiden Vorsprünge. Gerade wollen wir die Kordel anbringen, da kommt plötzlich Fedo mit drei Trollen vorbei.

„Sicher ist sicher“, knurrt er gerade, „ aber ich sehe, hier ist alles in Ordnung und von dem Bannstrahl am Feuer können die beiden nichts wissen, ich habe ihn erst vor einer Stunde installiert. So“, sagt er leise zu seinen Trollen, „jetzt müssen wir noch eine Stunde warten, dann erlischt das ewige Feuer, das den Smaragd bewacht, ich hole ihn heraus und wir sind wieder 500 Jahre die Herren über die Elfen und Trolle und sie müssen weiter für uns arbeiten. Ihr seht, heute ist unser großer Tag.“ Mit dieser Bemerkung drehen sich die Trolle um und verschwinden wieder in Richtung Feuer.

Puh, gerade noch mal Glück gehabt. Jetzt wird sicher die nächste Zeit niemand vorbeikommen. Moni nimmt die Kordel und spannt sie zwischen die beiden Vorsprünge. Geräuschlos öffnet sich ein Teil der Felswand und wir gehen schnell hindurch. Gott sei Dank, keine Wache im Raum dahinter.

Der Raum ist stockdunkel, aber wir haben ja unsere Taschenlampen. Bald haben wir die Schlange an der Wand gefunden. „Moni, hast du Angst? Wenn ja, musst du in diesem Raum bleiben.“

„Pah“, antwortet sie, „meinst du, ich lasse dich allein gehen? Komm, wir fassen uns bei der Hand und gehen gemeinsam durch.“

„Mutige Schwester“, denke ich und meine Angst ist wie weggeblasen.

Vorsichtig drehe ich die Steinschlange um 180 Grad. Genau daneben öffnet sich plötzlich ein Tor, ungefähr zwei mal zwei Meter groß und dahinter brennt ein wahres Höllenfeuer. Furchtlos nehme ich die Hand von Moni und gemeinsam gehen wir durch die Flammen. Das Feuer fühlt sich relativ kühl an. Ich sehe zu Moni rüber, sie scheint tatsächlich keine Angst zu haben.

Kurze Zeit später sind wir durch. Die Flammen lodern hinter uns weiter. Eigentlich haben wir geglaubt, hier irgendwo den Smaragd zu finden, aber hier beginnt nur ein weiterer dunkler Gang. Wir sehen uns an und Moni meint: „Los, irgendwo muss der Stein sein."

Wir leuchten in den Gang und gehen weiter. Die Wände des Ganges sind glatt und ein wenig feucht und es riecht modrig. Nach weiteren hundert Metern endet der Gang, eine große Steinplatte verschließt ihn. Jetzt ist guter Rat teuer, was nun? Wir suchen die ganze Platte ab, aber nirgendwo ist eine Öffnung zu finden. Fast wollen wir schon aufgeben, da entdecken wir plötzlich ziemlich in der Mitte doch noch eine kleine Erhöhung und als wir vorsichtig darauf drücken, rollt die ganze Wand zur Seite. Eigentlich ist es gar keine Wand, vielmehr ein kreisförmiger Stein, der eine Öffnung frei gibt.

„Was ist, wenn wir durchgehen und der Stein rollt hinter uns wieder vor die Öffnung?" flüstert mir Moni besorgt zu.

„Das kann ich dir auch nicht sagen, wir müssen einfach Glück haben."

Mit mulmigem Gefühl klettern wir durch die Öffnung und gehen weiter. Plötzlich erleuchten viele Kerzen den Gang und nun sehen wir in einer Nische einen Altar. In der Mitte, eingebettet in weißer Seide, leuchtet der Smaragd. Er sieht toll aus, herzförmig und kleiner als meine Faust. Durch die Kerzenflammen erstrahlt er in seiner ganzen Pracht.

Schnell nehme ich ihn an mich und stecke ihn in meine Hosentasche. Der Gang geht noch weiter, wir können nicht widerstehen und laufen vorwärts. Überall flackern jetzt Kerzen und wir sehen hinter einer Biegung einen hellen Schein. Vorsichtig schleichen wir näher. Vor einer Steinplatte, die anscheinend den Ausgang verschließt, brennt ein weiteres Höllenfeuer.

„Wollen wir versuchen, durch die Flammen zu gehen?" frage ich Moni, aber die hat diesmal offensichtlich Angst und meint: „Ich glaube, es ist besser wir kehren um, ich habe diesmal kein gutes Gefühl."

„Aber wie kommen wir wieder heraus?" Wir laufen den Weg zurück und kommen wieder zur ersten Öffnung mit dem kreisrunden Stein. Gerade setzt er sich in Bewegung. Mit letzter Kraft springen wir daran vorbei und kaum sind wir auf der anderen Seite, ist der Gang wieder verschlossen. „Puh!", ruft Moni, „Das war knapp." Außer Atem laufen wir weiter und erreichen endlich wieder den Raum, in dem das Feuer weiter lodert. Aber was nun? Weit und breit ist keine Tür, keine Öffnung zu sehen. Verzweifelt suchen wir die Wände und den Boden ab, nichts.

Schließlich entdeckt Moni eine eigenartig geformte Vertiefung in einer Ecke. „Chris“, sagt sie, was meinst du, passt der Smaragd nicht genau da rein?“ Ich sehe mir die Vertiefung an. Moni hat Recht – schnell nehme ich ihn aus der Hosentasche und lege ihn vorsichtig hinein. Er passt perfekt, und kaum ist der Smaragd eingefügt, öffnet sich eine schmale Tür nach draußen. Blitzschnell verstaue ich den Smaragd wieder in meine Hosentasche und wir zwei drängen uns durch den Spalt nach draußen. Keine Sekunde zu früh, mit einem leisen Klick schließt sich die Öffnung wieder, wir stehen vor dem Felsen und sehen uns grinsend an.

Jetzt aber schnell und vorsichtig zurück zum Boot und nach Hause! Aber so einfach ist das nicht. Überall patrouillieren noch immer Trolle und bewachen die Insel. Großräumig schleichen wir am Feuer vorbei. Wir glauben weiter an unser Glück und haben beinah unser Versteck mit dem Boot erreicht, da reißt mich Moni zurück. Entsetzt sehen wir uns an, es ist nicht mehr da, stattdessen hören wir ein paar Trolle rufen: „Los, sucht das Ufer ab, wir müssen die Kinder finden.“

Vorsichtshalber ziehen wir uns erst einmal zurück. Was nun? Moni flüstert mir zu: „Was sollen wir bloß machen, Chris?“ Ich ziehe sie mit am Ufer entlang, aber eine Idee habe ich auch noch nicht. Schwimmen kommt nicht in Frage der See ist zu breit. Da, vor uns sehe ich den rettenden Ausweg, ein Baumstamm schwimmt im Wasser, ganz nah am Ufer. Ich gehe ein Stückchen hinein und ziehe ihn in Richtung Land. „Halt ihn fest“, flüstere ich Moni zu, „ich hole die Ruder.“

Schnell bin ich zurück und erkläre Moni meinen Plan. „Wir setzen uns auf den Baumstamm und jeder von uns rudert. Es wird zwar länger dauern, aber uns bleibt keine andere Wahl.“ Moni ist einverstanden. Ich halte den Baumstamm fest und sie setzt sich rittlings drauf. Doch dann habe ich eine bessere Idee: „Du ruderst, und ich halte den Baumstamm in der Waagerechten und schwimme, das Wasser ist recht warm.“

Es klappt tatsächlich und wir kommen vorwärts. Und da taucht auch der kleine goldene Vogel wieder auf. Er fliegt vor uns her und zeigt uns den Weg. So nähern wir uns langsam dem rettenden Ufer und nach über einer Stunde stoßen wir an Land. Der kleine goldene Vogel fällt wieder leblos vor uns zu Boden und ich stecke ihn in meine Hosentasche.

Wir sind zwar nass bis auf die Haut, aber glücklich, wieder an Land zu sein. Schnell laufen wir nach Hause. Hier ist alles, wie wir es verlassen haben. Mama, Paps und die Eltern von Holger und Reni liegen noch immer in den Sesseln und auf dem Sofa und schlafen tief und fest.

Wir huschen zu Omi hoch, sie ist noch wach und hat uns gehört. Leise erzählen wir ihr von unserem Abenteuer, und dass wir den Elfensmaragd haben. Sie lacht über das ganze Gesicht und schlägt vor: „Steck den Smaragd in einen Beutel und hänge ihn dir um den Hals, Chris. Schließt alle Fenster und Türen, die Trolle dürfen den Smaragd nicht zurückbekommen. Und beseitigt alles, was für den Schlaf eurer Eltern und der anderen Erwachsenen verantwortlich ist.“

Fedo gibt nicht auf

Mit einem Grinsen schleichen wir uns nach unten. Zuerst spülen wir die Gläser und dann hat Moni eine Idee: „Besser ist, wir gießen jedem etwas Wein in sein Glas, dann fällt es nicht auf." Nachdem wir das erledigt haben, lassen wir den Rest bei Omi. Ich suche mir noch einen kleinen Beutel, ziehe eine Kordel hindurch und hänge mir den Elfensmaragd um den Hals. Wir lassen im Wohnzimmer den Fernseher laufen und das Licht an, so als ob die vier Erwachsenen eingeschlafen wären und nachdem nun alle Spuren beseitigt sind, huschen wir nach oben. Unsere Tür schließen wir von innen ab und alle Fenster auch, denn noch in dieser Nacht wird Fedo wissen, dass wir den Elfensmaragd haben und er wird sich fürchterlich darüber aufregen.

Lange können wir nicht einschlafen. Da, rums, fliegt etwas gegen unsere Scheibe, ob das schon Fedo mit seinen Trollen ist? Doch als wir ans Fenster gehen, sitzt Lidi auf der Fensterbank und blickt uns beschwörend an. Vorsichtig öffnen wir es einen kleinen Spalt und Lidi kommt schwerfällig herein.

„Fedo ist auf dem Weg zu euch. Er schäumt vor

Wut. Ich soll euch das hier von meinem König bringen", dabei reicht sie uns einen Gegenstand, der wie eine kleine Astgabel aussieht. „Damit sollt ihr einen Bannstrahl um euer Bett ziehen. Fedo kann ihn nicht überwinden. Er wird aber mit allen Mitteln versuchen, euch den Smaragd wieder abzuschwatzen. Hört nicht auf ihn. Ihr bleibt am besten die ganze Nacht wach, beim ersten Sonnenstrahl hat Fedo keine Macht mehr und wird in der Dunkelheit verschwinden. In den nächsten vier Tagen müsst ihr den Elfensmaragd in die Höhle bringen. Irgendwo im Silberbergwerk gibt es einen kleinen Gang, der in einen abgeschirmten Raum führt. In diesem Raum stehen die versteinerten Liebenden. Erst wenn ihr den Elfensmaragd in die angegebene Stelle drückt, sind alle erlöst. Bitte, bitte lasst euch den Smaragd nicht wieder wegnehmen, dann war alles umsonst."

Mir fällt etwas ein: „Lidi, kannst du deinem König sagen, er soll morgen am Nachmittag ein möglichst großes Ablenkungsmanöver im Silberbergwerk starten? Vielleicht rennen viele Trolle dorthin und wir haben einen kleinen Vorteil."

„Ich werde es ausrichten", verspricht sie. Mit diesen Worten fliegt sie wieder schwerfällig zum Fenster und als wir es einen Spalt öffnen, ist sie verschwunden.

Unser Abenteuer ist also noch nicht zu Ende. Moni springt ins Bett und ich ziehe mit der kleinen Astgabel einen Bannkreis um unser Bett, etwas größer, damit man uns von außen auf keinen Fall erreichen kann. Das Licht lassen wir an und dann warten wir gespannt, was als Nächstes passiert.

Auf einmal fällt mir siedendheiß etwas ein. Was ist, wenn Fedo Omi oder unseren Eltern etwas antut? Moni ist noch nicht auf die Idee gekommen. Ich gebe ihr den Smaragd und schleiche mich nach unten. Zuerst gehe ich zu Omi. Sie schläft auch noch nicht und ich erkläre ihr die Sache mit dem Bannstrahl. Sie strahlt und sagt: „Dass ihr daran gedacht habt."

Schnell errichte ich einen Bannstrahl, ziemlich weitläufig, damit ihr nichts passieren kann. Danach gehe ich ins Wohnzimmer und schütze auch hier Mama, Paps und die Eltern von Holger und Reni. Dann renne ich so leise wie möglich wieder zu Moni. Keinen Augenblick zu früh, mit einem Hechtsprung bin ich im Bett und da verdunkelt sich bereits das Zimmer und Fedo erscheint wutschnaubend. Die geschlossenen Fenster und Türen waren wohl kein Hindernis für ihn. Mit ihm sind drei weitere Trolle erschienen, die sich auf uns stürzen. Gut, dass wir den Bannstrahl errichten konnten, denn sie prallen von ihm ab und landen auf ihrem Hosenboden. Wieder und wieder versuchen sie es, aber unser Bannstrahl schützt uns.

Nun versucht es Fedo mit Verhandeln: „Ihr seid doch kluge Kinder“, sagt er, „ ihr bekommt von mir alle Reichtümer der Welt, die ihr euch nur wünschen könnt. Eure Eltern werden nie mehr arbeiten müssen und ich sorge dafür, dass ihr später alles werden könnt, was ihr mögt und so erfolgreich seid, wie ihr wollt.“ Aber wir verhalten uns still und sagen kein Wort dazu.

Als er merkt, dass uns seine Worte nicht zu interessieren scheinen, probiert er es mit Betteln. Er fleht uns an, ihm den Smaragd zu geben und als auch das nicht wirkt, droht er: „Ich werde eure Eltern und eure Oma mit mir in die Höhle nehmen und sie verfluchen, damit sie nie wieder das Tageslicht sehen.“

„Lass es sein, Fedo, du bekommst den Smaragd nicht“, sage ich zu ihm und da wird er fürchterlich wütend und brüllt seine Trolle an: „Los, holt die Eltern und die Oma von den beiden her!“

Gut, dass wir sie geschützt haben. Die drei Trolle verschwinden nach unten, dass sie dabei durch die geschlossene Tür gehen, wundert uns schon gar nicht mehr.

Lange Zeit bleiben die Trolle weg und dann erscheinen sie wieder und berichten Fedo: „Tut uns leid, aber die anderen Menschen sind auch geschützt, wir kommen nicht an sie heran.“

Fedo sitzt da und scheint zu überlegen, dann zischt er: „Ihr habt noch lange nicht gewonnen, denn ihr müsst spätestens innerhalb der nächsten vier Tagen die Prophezeiung erfüllen. Schafft ihr das nicht, dann habe ich Macht über euch und alle Menschen, die mit euch zu tun haben, also auch über eure Eltern und eure Oma. Ich verspreche euch, ihr werdet bei mir im Bergwerk bis an euer Lebensende schuften. Hier ist eure letzte Chance, gebt mir den Smaragd und ihr habt ein Leben im Überfluss vor euch.“

Da keiner von uns auf die Drohung reagiert, meint er nur gleichmütig: „Ihr habt es nicht anders gewollt“ und ist plötzlich mit seinen Trollen verschwunden.

„Hm“, meint Moni, „er lässt sich sicher etwas Fieses einfallen und wenn er den gleichen Bannstrahl einsetzt wie auf der Insel, dann nützt uns der Stein Mareles überhaupt nichts.“

„Darüber habe ich auch schon nachgedacht, aber es muss doch einen Weg geben, so kurz vor dem Ziel werden wir nicht aufgeben.“ Über diese Gedanken schlafen wir ein.

Eigenartig, Mama, Paps und die Eltern von Holger und Reni sagen keinen Ton davon, dass sie vor dem Fernseher eingeschlafen sind. Zwar haben wir das Gefühl, als ob uns Mama ab und zu komisch ansieht, aber wir „wissen ja sowieso von nichts".

Schaffen wir das?

Am nächsten Tag beratschlagen wir mit Omi, wie wir am besten unser Ziel in der Trollhöhle erreichen können. Aber uns fällt nichts ein und so müssen wir eben improvisieren.

Gegen Mittag kommt der Pfarrer zu Besuch. Erst ist er lange Zeit bei Omi, dann sitzt er mit den anderen Erwachsenen bei Kaffee und Kuchen am Tisch. Wir gehen offiziell zum Strand und Gott sei Dank kontrolliert niemand unsere Badetaschen.

Kaum sind wir außer Sichtweite, holen wir alle Dinge, die wir brauchen, heraus und machen uns bereit für die Höhle der Trolle. Wir haben den Stein Mareles, den kleinen goldenen Vogel, die Bänder, die uns verbinden sollen – falls das diesmal hilft – Taschenlampen, ein Taschenmesser, die Geschenke vom Elfenkönig, um einen Bannstrahl zu errichten oder einen zu beseitigen. Außerdem habe ich ein langes Seil aus Omis Keller mitgenommen. Den Smaragd trage ich um den Hals. Unsicher sehen wir uns an, hoffentlich geht das gut!

Um nicht gesehen zu werden, tragen wir jetzt schon das Band und wir haben gut daran getan, denn immer wieder sehen wir Trolle, mit Masken, die auf der Lauer liegen. Ungesehen kommen wir an ihnen vorbei und nähern uns dem Eingang der Trollhöhle. Aber hier ist erst einmal Endstation. Trolle stehen hier eng an eng nebeneinander, hier ist kein Durchkommen.

„Wenn es da nicht klappt, nehmen wir eben den Seiteneingang“, jedoch ist es hier auch nicht besser. Wir sehen das gleiche Bild. Der Seiteneingang ist zwar offen, aber die Trolle stehen genauso eng nebeneinander, da haben wir keine Chance reinzukommen. Ratlos stehen wir ein Stück abseits. Wie schaffen wir das?

Irgendwann scheint es den Trollen jedoch langweilig zu werden und sie beginnen auf und ab zu laufen. Haben wir jetzt vielleicht Glück? Bisher sieht es nicht danach aus.

Plötzlich werden die Trolle unruhig, laufen teilweise in die Höhle und kommen wieder zurück. Irgendetwas muss dort passiert sein.

Später hören wir, dass die Trolle mit den vier Fingern eine Revolte angezettelt haben. Immer vier von ihnen haben sich auf einen Troll gestürzt, ihn zu Boden geworfen und ihn gefesselt. Damit hat Fedo wohl nicht gerechnet und deshalb nach Hilfe geschickt und dadurch sind jetzt nicht mehr so viele Trolle an der Seitentür.

Das ist unsere Gelegenheit. Vorsichtig schieben wir uns an den Trollen vorbei und erreichen zu unserer Freude einen Vorsprung, auf den wir klettern können. Die Trolle müssen wohl eine teuflische Angst haben, denn sie schließen jetzt die Seitentür und verrammeln sie mit mehreren Balken. Da wären wir nie durchgekommen.

Wir sitzen noch immer auf dem etwas erhöhten Vorsprung und beobachten die Lage. Da hier wohl keine Trolle mehr benötigt werden, drängen alle in Richtung des großen Saals. Wir könnten nach unten klettern und ihnen vorsichtig folgen. Aber da hat Moni eine gute Idee: „Die Trolle haben doch oben an der Wand Steine rausgeschlagen. Wir versuchen einfach, dort oben vorwärts zu kommen und so zum Silberbergwerk zu gelangen. Durch den Saal unten wird es schwierig.“

„Klasse Idee, aber wir sollten jetzt das längere Band nehmen, damit haben wir mehr Bewegungsfreiheit.“

Moni ist einverstanden und wir befestigen das längere Band an unseren Unterarmen.

Es ist gar nicht so einfach, auf diesen Wandsims zu klettern, aber schließlich schaffen wir es. Ich krieche vor und Moni folgt mir vorsichtig. Natürlich kommen wir nur langsam vorwärts, aber irgendwann liegt der Saal unter uns.

Leider ist die Revolte der Trolle mit den vier Fingern nicht so erfolgreich verlaufen. Die fiesen Trolle haben sie in einer Ecke zusammen getrieben und halten sie in Schach. Gerade errichtet Fedo einen Bannkreis um sie herum und dadurch können wir von ihnen wohl keine Hilfe mehr erwarten. Auf die Idee, dass wir oben auf der Mauer den Saal überbrücken ist Gott sei Dank noch kein Troll gekommen.

Vorsichtig kriechen wir weiter und nähern uns dem Durchgang zum Silberbergwerk. Plötzlich geschieht es. Wir hören ein eigenartiges Quietschen, dann ist wieder Ruhe. Fedo brüllt: „Was war das?“ Aber niemand scheint es zu wissen. Nun schickt er mehrere Trolle in Richtung Bergwerk. Doch die werden unsanft am Durchgang gestoppt. Es ist, als ob eine unsichtbare Wand das Bergwerk verschlossen hätte. Die Trolle rennen davor und fallen rückwärts zurück. Das hat wohl der Elfenkönig Siro inszeniert, aber leider hat er damit auch uns den einzigen Zugang versperrt.

Fedo lässt Werkzeuge holen und die Trolle versuchen mit Gewalt das Bollwerk zu zerschlagen. Aber der Elfenkönig hat ganze Arbeit geleistet, die Trolle holen sich nur blutige Nasen, die unsichtbare Wand hält, leider auch für uns. Sollen wir umkehren? Lange bleiben wir sitzen, doch dann sagt Moni: „Das wär's wohl für heute, hier kommen wir nicht weiter. Lass uns umkehren.“ Aber das ist leichter gesagt als getan.

Auf dem gleichen Weg, auf dem wir gekommen sind, kehren wir zur Seitentür der Höhle zurück und da Fedo weiß, dass es auch für uns kein Durchkommen gibt, lässt er die Barrikaden an der Seitentür wieder entfernen. Natürlich müssen wir lange warten bis kein Troll mehr zu sehen ist. Jetzt aber schnell, wir huschen durch die Tür nach draußen.

„Warum macht der Elfenkönig das?“, fragt Moni. „Er weiß doch, dass der Smaragd in den nächsten Tagen in die Versteinerung eingesetzt werden muss, sonst herrschen die Trolle weitere 500 Jahre.“

„Vielleicht ist in der ganzen Aufregung etwas schief gelaufen. Das war bestimmt nicht geplant.“

Ziemlich deprimiert machen wir uns auf den

Heimweg. Uns bleiben nur noch drei Tage, dann waren alle unsere Bemühungen umsonst.

Die Erwachsenen sind nicht da und auch Omi hat keine Ahnung, wo sie sein könnten. Als sie auch am Abend nicht auftauchen, fangen wir an, uns Sorgen zu machen. Hat der Trollkönig Fedo sie entführen lassen?

Mit einem mulmigen Gefühl gehen wir am Abend schlafen. Wir liegen kaum im Bett, da verdunkelt sich unser Zimmer und mit riesigem Gepolter erscheint Fedo. „Na, habt ihr eure Eltern und die anderen schon gefunden? Ihr seht, ich kriege euch alle und wir Trolle herrschen weiter für die nächsten 500 Jahre."

„Wir glauben dir nicht, dass du unsere Eltern und die von Holger und Reni entführt hast", faucht Moni los, „ihr könnt ja nur bei Dunkelheit etwas unternehmen."

„Wir haben Masken, die uns vor der Sonne schützen, aber wenn ihr es besser wisst? Wo sind denn eure Eltern und die anderen?" fragt er hämisch. „Ich werde es euch sagen, ich habe den Eltern von Holger und Reni erzählt, dass ich weiß, wo ihre Kinder sind und dass ich sie zu ihnen führen kann. Sie glaubten mir nicht, naja, sie haben wohl zum ersten Mal Trolle gesehen. Doch ich konnte sie überzeugen und alle vier sind mitgegangen. Nun sitzen auch sie in der Höhle und können nicht mehr raus. Der Elfenkönig ist sehr traurig darüber, er hat mir sogar angeboten, den Elfensmaragd gegen die vier und die beiden Kinder auszutauschen und ich habe ihm gesagt, ich würde es mir überlegen. Ihr seht, gegen mich kommt ihr nicht an, also gebt mir freiwillig den Smaragd und eure Eltern und Freunde sind frei."

„Mein lieber Fedo", gifte ich ihn etwas von oben herab an, „wir glauben dir nicht und nun lass uns schlafen."

Grollend zieht er sich zurück. „Was meinst du, hat er die Wahrheit gesagt?" meint Moni.

„Ich hoffe es nicht, aber wenn er uns nicht belogen hat, dann müssen wir morgen mehr Erfolg in der Trollhöhle haben."

Kurze Zeit später bin ich eingeschlafen und erst die Sonnenstrahlen wecken mich wieder. „Los, Moni, aufstehen", damit will ich meine Schwester wecken, aber, was ist das? Sie ist weg.

Gehetzt renne ich durch alle Räume, aber Moni bleibt verschwunden. Auch Omi weiß keinen Rat und sagt dann: „Jetzt liegt alles bei dir, du musst deinen ganzen Mut zusammennehmen und alle zurückholen."

Nach dem Frühstück überlege ich: „Wie hat Fedo das bloß geschafft?", aber mir fällt keine Antwort auf die Frage ein.

„Was muss ich tun? Wie ist Fedo durch die durchsichtige Wand der Trelfen gekommen? Und warum hat Siro, der Elfenkönig, ihm so ein Angebot gemacht? Aber vielleicht stimmt es ja gar nicht."

Da ich keine Antworten finde, suche ich alle Sachen zusammen, die ich brauchen kann und packe sie in meinen kleinen Rucksack. Zum Schluss füge ich noch ein langes Seil dazu und mache ein genauso langes Band fertig, nur, falls der Stein Mareles über ein paar Meter wirken muss.

Etwas zaghaft verabschiede ich mich von Omi, aber sie muntert mich auf: „Ich weiß, dass du es schaffst! Glaube an dich selbst, dann klappt es."

Jetzt oder nie!

Unsichtbar durch den Stein Mareles mache ich mich auf den Weg und habe bald den Eingang der Trollhöhle erreicht. Zwar stehen noch immer ein paar Trolle davor, aber die große Hektik von gestern ist verschwunden. Schließlich erreiche ich den Seiteneingang. Komisch, die Tür steht offen – eine Falle? Ich pirsche mich heran.

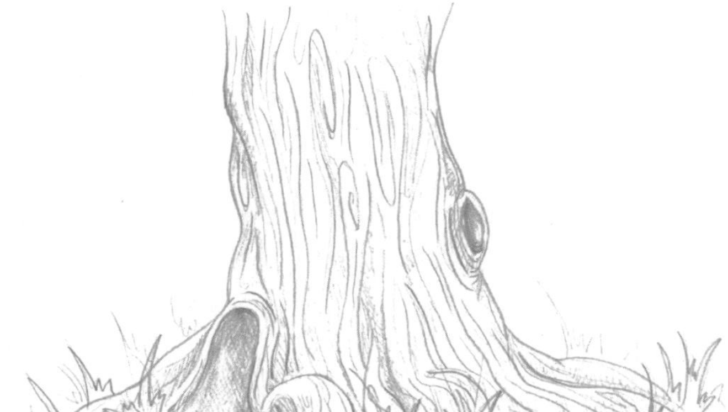

Innen stehen zwei Trolle und gerade sagt der eine zum anderen: „Sei vorsichtig, wo du hintrittst, denk an die Fallgrube.“ Aha, daher weht der Wind.

Ich passe genau auf, wohin die Trolle treten, als sie nach draußen kommen. Ohne ein Geräusch zu machen schleiche ich mich auf demselben Weg in die Höhle und klettere so schnell wie möglich auf den Sims oberhalb des Gangs. So, das habe ich schon mal geschafft. Hier oben warte ich erst einmal eine Weile, bevor ich mich vorsichtig auf den Weg mache.

Endlich bin ich im Saal angekommen und schleiche mich auf meinem Höhenweg weiter. Fedo sitzt wieder auf seinem Thron, vor ihm viele Trolle, aber so sehr ich auch suche, nirgendwo sehe ich einen Troll mit vier Fingern. Wo hat er sie hinschaffen lassen?

Gerade sagt Fedo: „So, die Trolle haben es nicht anders gewollt, sie sitzen jetzt als unsere Gefangenen im Raum neben dem Bergwerk.“ Auf die Trelfen zur Bedienung wollte Fedo wohl nicht verzichten, sie sind noch da und müssen weiterhin für ihn arbeiten.

Als ich mich dem Übergang zum Silberbergwerk nähere, sehe ich, dass die Wand von gestern nicht mehr vorhanden ist, Trolle und Trelfe können ungehindert hindurchgehen. Und dann entdecke ich tatsächlich meine Eltern und die Eltern von Holger und

Reni. Sie sitzen anscheinend in einem Bannkreis und können nicht heraus. Mama hat wohl geweint, aber gerade sie müsste doch durch Omi wissen, dass es Trolle und Elfen wirklich gibt.

Sie haben sich ganz schön überrumpeln lassen. Gerade höre ich, wie Mama sagt: „ Hoffentlich haben sie Moni und Chris nicht erwischt." Sie weiß also nicht, dass sich Moni wahrscheinlich auch in der Trollhöhle befindet. Im Augenblick kann ich ihnen leider nicht helfen, ich habe erstmal andere Sorgen.

Kurze Zeit später bin ich im Silberbergwerk. Hier scheint wohl alles normal zu verlaufen. Ob sich der Elfenkönig mit der Situation abgefunden hat? Leise klettere ich herunter und schleiche zum Elfenkönig.

„Ich bin es, können wir reden?"

„Bist du es, Chris? Ich befürchte, wir haben wohl endgültig verloren."

„Nein, noch lange nicht! Ich muss meine Schwester finden, weißt du, wo sie steckt?"

„Ja, dort hinten in der Ecke an der Wand haben die Trolle eine kreisrunde Mauer errichtet und halten sie mit einem vierfachen Bannkreis, der über zwei Meter hoch ist, gefangen."

„Ist der Bannkreis oben offen?"

„Ich glaube schon, ihn auch oben zu schließen hielten die Trolle wohl für überflüssig."

„Siro", sage ich, „ihr müsst die Trolle ablenken und nicht nur das, die Wand da drüben, die die Trolle wieder verschlossen haben, muss zum Einsturz gebracht werden, denn ich glaube, dahinter führt ein Gang zu den beiden versteinerten Figuren. Wenn ihr alle Loren irgendwie losfahren lasst, müsste es zu einem heillosen Durcheinander kommen. Aber gebt mir ein paar Minuten Zeit, ich muss erst Moni befreien."

„Chris", flüstert Siro, „wir hatten schon alle Hoffnung aufgegeben. Verlass dich auf mich, ich sorge für ein richtiges Chaos."

Etwas ruhiger geworden schaue ich mir die Ecke, von der der Elfenkönig gesprochen hatte, intensiver an. Der Sims, auf dem ich in das Bergwerk gelangt bin, ist genau darüber. Neben dem Bannkreis, aber fast zwei Meter davon entfernt sitzen zwei Trolle und passen auf. Sie nehmen ihre Arbeit aber nicht sonderlich ernst. Ich überlege, wie ich es anfangen kann und schließlich habe ich eine Idee.

Leise klettere ich wieder hoch und hangele mich bis zu der Stelle, die sich direkt über dem Bannkreis befindet. Von hier aus kann ich auch Moni sehen. Sie sitzt zusammengekauert in einer Ecke.

„Pssst, Moni“, rufe ich und sie blickt nach oben.

„Bist du es, Chris?“

„Ja, pass auf, ich habe das Band, das uns verbindet und unsichtbar macht, verlängert. Es müsste bis zu dir nach unten reichen. Ich lasse ein Seil mit dem Band nach unten. Binde dir das Seil um den Bauch und das Band an das Handgelenk. Ich versuche, dich hochzuziehen. Du kannst ja gleichzeitig am Seil hochklettern, du bist ja sportlich.“

„In Ordnung Chris, fang an.“

Gerade als ich loslegen will, macht sich eine Lore mit Silbergestein los und saust durch das Bergwerk. Entsetzt springen die Trolle zur Seite. Schnell werfe ich das Seil mit dem angebundenen Band nach unten. Es klatscht vor Moni auf. Durch das Geräusch des Aufpralls kann sie es finden. Sie schlingt es sich um den Bauch und verknotet es. Nun legt sie das Band um ihr Handgelenk und jetzt kann nur ich sie noch sehen und sie mich, aber für die Trolle ist sie verschwunden. Ich habe das Seil über einen Vorsprung gelegt und benutze ihn als lose Rolle. Dadurch habe ich mehr Kraft und kann sie hochziehen. Gleichzeitig klettert Moni so, wie wir das öfter im Sport machen, am Seil hoch. Wir haben es fast geschafft, da sieht einer der Trolle, dass Moni verschwunden ist.

„Sie ist weg!“, brüllt er. „Sie ist weg!“ Sie nehmen etwas aus der Tasche und lassen den Bannkreis verschwinden. Suchend gehen sie hin und her, aber Moni ist inzwischen oben am Sims angekommen und ich ziehe sie ganz rauf. Beinahe fällt sie mir um den Hals, so erleichtert ist sie. „Los, schnell“, flüstere ich, „wir müssen ein Stück von hier weg.“

Einer der Trolle rennt los, wahrscheinlich um Fedo zu benachrichtigen und dann bricht die Hölle los. Überall setzen sich Loren in Bewegung und rasen kleine Berge runter. Viele knallen gegen Wände und mehr als eine bricht zusammen. Endlich rauschen mehrere Loren in Richtung der neu errichteten Wand und ohrenbetäubend kracht sie auseinander.

Nun ist unsere Zeit gekommen. Schnell und jetzt schon relativ sicher klettern wir oben auf die Stelle zu, wo vorher die Wand war. Tatsächlich, dahinter beginnt ein Gang, der ziemlich steil nach oben führt. Wir folgen ihm und kommen am Ende in einen kleinen Saal. Er ist lichtdurchflutet, irgendwie muss eine Verbindung nach draußen bestehen.

Suchend sehen wir uns um. „Da sind sie“, ruft Moni und deutet auf die zwei steinernen Gestalten in einer Ecke. Sie stehen eng umschlungen. An der

Stelle, wo sich ihre Herzen berühren sehen wir eine Vertiefung. „Los“, ruft Moni, „da muss der Elfensmaragd rein.“

Ich nehme den Beutel vom Hals und löse die Kordel. Gerade will ich den Stein in die Öffnung legen, da hören wir im Gang Gepolter und Fedo, der Trollkönig, kommt herangerauscht. Da wir das Band noch immer um haben, kann er uns nicht sehen. Voller Angst ruft er: „Ich weiß nicht, wo ihr seid, aber tut das nicht, habt Mitleid mit uns!“ Aber Mitleid ist hier sicher nicht angebracht.

Schnell nehme ich den Smaragd und drücke ihn in die Öffnung in der Mitte zwischen den Versteinerten. Gleichzeitig nehmen wir das Band ab, wodurch wir unsichtbar geworden waren. Zuerst passiert überhaupt nichts, doch dann fangen die Steinfiguren an sich zu verändern, das Grau der Steine wird heller und heller, dann werden die Steine richtig rot. Aber auch dieses Rot hält nicht lange an, die Farbe verblasst und wird unserer Haut immer ähnlicher und jetzt bewegen sich die beiden Liebenden und treten aus der Ecke hervor. Sie sehen erst sich und dann uns an und dann lächeln sie. Gleichzeitig passieren noch andere Dinge, Fedo stößt einen wilden Schrei aus und wird in den Gang zurück gerissen. Nadi, die Elfenprinzessin, und Federico, der Trollkönigssohn, nehmen uns bei den Händen und gemeinsam gehen wir den Gang zurück. Kaum erscheinen wir vier oben im Silberbergwerk, da geschieht Erstaunliches. Von überall her sehen wir Trolle mit fünf Fingern durch die Luft fliegen. Sie werden regelrecht von einer Ecke des Bergwerkes angesogen. Dort ist jetzt eine Öffnung zu sehen und alle Trolle werden durch sie gesogen und verschwinden irgendwo in dem schwarzen Loch.

Gleichzeitig sehen wir ein einzigartiges Schauspiel, die Trelfen verändern sich. Man hört ein Geräusch, einen kleinen Knall und aus den behäbigen Trelfen werden wieder grazile Elfen.

Die Wand des Raumes, in dem die Trolle mit den vier Fingern gefangen waren, ist eingestürzt und alle strömen in das Bergwerk. Der König und die Königin der Elfen sind auch wieder zu wunderschönen Elfen geworden. Es ist ein Sirren und Jauchzen im Raum, die Elfen können endlich wieder fliegen. Da taucht plötzlich auch meine schöne Elfe Lidi auf, setzt sich auf meine Schulter und gibt mir einen dicken Kuss auf die Wange. „Ich habe es ja gewusst“, flüstert sie mir ins Ohr, „ihr zwei seid die Kinder, die uns erlösen sollten, Ich danke euch dafür.“

Und auch Sida, die Elfe, die öfter bei Moni war, ist da und setzt sich auf Monis Schulter und gibt ihr einen dicken Kuss auf die Wange. Inzwischen stehen Nadi und Federico mitten zwischen den Elfen und Trollen, halten sich bei den Händen und küssen sich vor aller Augen. Daraufhin passiert noch etwas, das Grau der Höhle verschwindet, von allen Seiten scheint das Sonnenlicht herein und wie durch ein Wunder sind plötzlich alle Wände mit leuchtenden Stoffen bespannt.

Jetzt ähnelt die Höhle nicht mehr einem dunklen Loch, sondern eher einem großen, prunkvollen Schloss. Nachdem alle bösen Trolle durch die Öffnung ins Innere der dunklen Erde verschwunden sind, schließt sie sich wieder.

Und dann stehen Mama, Paps und die Eltern von Reni und Holger vor uns. Mama und Paps fallen uns um den Hals und Mama sagt unter Tränen: „Ihr habt uns gerettet, ihr habt uns wirklich gerettet."

„Eines verstehe ich nicht", sage ich zu Mama, „du bist doch Omas Tochter und da hättest du doch wie sie auch an Elfen und Trolle glauben müssen?"

„Ja schon", meint sie, „als Kind habe ich fest daran geglaubt, aber im fernen Deutschland verliert man wohl diesen Glauben. Aber gut, dass ihr euch sicher wart, dass es Elfen und Trolle gibt."

Und endlich schaffen es auch der Elfenkönig Siro, seine Königin Rubia und der Trollkönig Zori und seine Königin Nisi durch das Gedränge zu uns. Alle vier strahlen uns an und Siro ruft glücklich aus: „Ich danke euch! Ehrlich gesagt habe ich fast nicht mehr daran geglaubt. Allerdings haben wir noch eine kleine Aufgabe zu erledigen. Gehen wir zum Haus eurer Oma. Sie hat immer an uns geglaubt und war unsere Kontaktperson zu den Menschen. Für sie wollen wir noch etwas tun."

Und so machen sich viele, viele Elfen und viele der Trolle, die jetzt auch frei sind, zusammen mit uns, unseren Freunden und den Erwachsenen auf den Weg. Um uns herum tummeln sich Hunderte von Elfen und genießen es, endlich wieder fliegen zu können.

Schließlich kommen wir bei Oma an und die Königspaare der Elfen und der Trolle bitten uns: „Kommt mit zu eurer Oma, die anderen warten bitte hier draußen." Zwar guckt Mama etwas beleidigt, aber Moni und ich gehen mit den vieren ins Haus und hoch zur Oma. Unserer kleinen Gruppe schließen sich auch noch der Sohn des Trollkönigs Federico und die Elfenprinzessin Nadi an.

Omi scheint uns schon zu erwarten, denn sie ist über unser Kommen gar nicht erstaunt. „Mathilde“, beginnt der Elfenkönig, „wir können dir gar nicht genug danken, dass du deine Enkelkinder so unterstützt hast. Ohne sie und ohne dich müssten wir weitere 500 Jahre auf unsere Befreiung warten. Wir möchten jetzt etwas für dich tun“, dabei nähern sich alle sechs dem Bett von Oma. Siro, Rubia und Nadi fliegen hoch und setzen sich neben sie auf das Kopfkissen.

Siro legt beide Hände auf die Stirn von Oma und Rubia und Nadi ihre Hände auf Omas Herz. Gleichzeitig sind Zori, Nisi und Federico am Bett hochgeklettert und legen ihre Hände rechts, links und in der Mitte auf Omas kaputtes Becken.

Wir sehen sprachlos zu und plötzlich steigen kleine Nebelschwaden - so sieht es jedenfalls aus – aus Omis Kopf, ihrer Herzgegend und aus dem Beckenbereich auf. Das dauert einige Zeit, dann sagt Siro: „So, Mathilde, steh auf, du bist gesund und wirst es noch viele Jahre bleiben.“

Daraufhin schwingt Omi die Beine wie ein junges Mädchen aus dem Bett und schaut die sechs und uns an. „Danke“, sagt sie lächelnd, „ich danke euch allen für eure Hilfe.“ Nachdem sie sich einen Bademantel angezogen hat, gehen wir alle nach unten.

Im Wohnzimmer sitzen Holger und Reni mit ihren Eltern ziemlich geschockt und sprachlos, denn um sie herum schwirren viele, viele Elfen und unten auf dem Boden sitzen Trolle und unterhalten sich. Eigenartigerweise können auch sie die Elfen sehen, aber das hängt wohl damit zusammen, dass sie jetzt, vielleicht notgedrungen, auch an Elfen und Trolle glauben.

Omi stürmt ins Wohnzimmer, dreht sich kurz im Kreis und sagt lachend zu Paps und Mama: „Seht her, ich bin wieder vollkommen gesund, ich wäre ja mit euch nach Deutschland gefahren, aber so ist es besser, viel besser.“ Und auch Siro, Rubia und die anderen kommen ins Zimmer und Siro verkündet: „Morgen Nachmittag feiern wir in unserer Elfenhöhle alle gemeinsam unsere Befreiung. Ihr seid herzlich eingeladen und Moni und Chris sind unsere Ehrengäste.

Wir Elfen wohnen weiterhin in unserer Höhle und unsere Freunde, die Trolle werden auf der Insel wohnen. Ihr habt ja den Gang entdeckt, in dem der Elfensmaragd lag und in dem ein weiteres Feuer brannte. Jetzt, nachdem die Feuer überall erloschen sind, verbindet der Gang unsere wunderschöne Höhle mit der Insel, und somit bleiben Elfen und Trolle auf ewig eng verbunden.“

Damit verlassen sie uns und nur wir Menschen bleiben zurück.

Eigentlich müssen wir morgen zurück nach Hause, am Montag beginnt die Schule wieder, aber das Fest wollen wir uns nicht entgehen lassen. Wir bereiten aber schon alles für die Heimreise vor. Holger, Reni und ihre Eltern wollen nach dem Fest zurückfliegen, während wir mit dem Auto nach Hause fahren werden.

In der Nacht bekomme ich Besuch von Lidi. Sie ist wieder ganz die Alte und setzt sich übermütig auf mein Kopfkissen. „Was ich dir noch sagen wollte, wenn du mal Hilfe brauchst oder mich sehen willst, werde ich in der Nacht immer bei dir sein, egal wo du bist – das können wir Elfen, und Sido, der kleine Troll, wird bei deiner Schwester Moni sein. Ihr seid uns immer willkommen, wenn ihr in Norwegen seid und ihr besucht doch sicher öfter eure Oma. Hast du noch das kleine Tüchlein von mir?“

Ich ziehe es aus der Tasche und Lidi drückt noch einen kleinen Kussmund darauf. Wieder wird sie dabei ganz rot und sagt: „Es soll dich immer an mich erinnern." Dann küsst sie mich noch einmal leicht auf die Wange und ist verschwunden und ich denke: „Ich freue mich auf das Fest und auf die nächsten Ferien bei Omi."